VOU ME CASAR. E AGORA?
UM GUIA PRÁTICO PARA A ORGANIZAÇÃO DO SEU CASAMENTO

Editora Appris Ltda.
1.ª Edição - Copyright© 2022 das autoras
Direitos de Edição Reservados à Editora Appris Ltda.

Nenhuma parte desta obra poderá ser utilizada indevidamente, sem estar de acordo com a Lei nº 9.610/98. Se incorreções forem encontradas, serão de exclusiva responsabilidade de seus organizadores. Foi realizado o Depósito Legal na Fundação Biblioteca Nacional, de acordo com as Leis nos 10.994, de 14/12/2004, e 12.192, de 14/01/2010.

Catalogação na Fonte
Elaborado por: Josefina A. S. Guedes
Bibliotecária CRB 9/870

S686g
2022
	Soliman, Glenda
	  Vou me casar. E agora? Um guia prático para a organização do seu casamento / Glenda Soliman, Stephane Louise Boca Santa. - 1. ed. - Curitiba: Appris, 2022.
	  118 p. ; 21 cm.
	
	  ISBN 978-65-250-2522-3
	
	  1. Casamento – Organização. I. Santa, Stephane Louise Boca. II. Título.
	
	                                                                    CDD – 306.8

Editora e Livraria Appris Ltda.
Av. Manoel Ribas, 2265 – Mercês
Curitiba/PR – CEP: 80810-002
Tel. (41) 3156 - 4731
www.editoraappris.com.br

Printed in Brazil
Impresso no Brasil

Glenda Soliman
Stephane Louise Boca Santa

VOU ME CASAR. E AGORA?
UM GUIA PRÁTICO PARA A ORGANIZAÇÃO DO SEU CASAMENTO

Appris
editora

FICHA TÉCNICA

EDITORIAL	Augusto V. de A. Coelho
	Marli Caetano
	Sara C. de Andrade Coelho
COMITÊ EDITORIAL	Andréa Barbosa Gouveia (UFPR)
	Jacques de Lima Ferreira (UP)
	Marilda Aparecida Behrens (PUCPR)
	Ana El Achkar (UNIVERSO/RJ)
	Conrado Moreira Mendes (PUC-MG)
	Eliete Correia dos Santos (UEPB)
	Fabiano Santos (UERJ/IESP)
	Francinete Fernandes de Sousa (UEPB)
	Francisco Carlos Duarte (PUCPR)
	Francisco de Assis (Fiam-Faam, SP, Brasil)
	Juliana Reichert Assunção Tonelli (UEL)
	Maria Aparecida Barbosa (USP)
	Maria Helena Zamora (PUC-Rio)
	Maria Margarida de Andrade (Umack)
	Roque Ismael da Costa Güllich (UFFS)
	Toni Reis (UFPR)
	Valdomiro de Oliveira (UFPR)
	Valério Brusamolin (IFPR)
ASSESSORIA EDITORIAL	Cibele Bastos
REVISÃO	Camila Dias Manoel
PRODUÇÃO EDITORIAL	Raquel Fuchs
DIAGRAMAÇÃO	Yaidiris Torres
CAPA	Sheila Alves
COMUNICAÇÃO	Carlos Eduardo Pereira
	Karla Pipolo Olegário
LIVRARIAS E EVENTOS	Estevão Misael
GERÊNCIA DE FINANÇAS	Selma Maria Fernandes do Valle

AGRADECIMENTOS

Eu, Glenda, agradeço a Deus, pois, sem Ele nada disso seria real. Ao meu marido, Marlon, meu maior incentivador. Aos meus pais, Regina e Ivanir. À minha equipe, que sempre abraçou cada casamento como se fosse o seu próprio. À família e aos amigos, por todo carinho e apoio em cada projeto. Muito obrigada a cada cliente que disse *sim* à nossa empresa e, por meio do nosso trabalho, teve seu sonho realizado. Por fim, obrigada a minha parceira neste livro, Stephane.

Eu, Stephane, agradeço a Deus por toda a minha inspiração, pelas bênçãos, pelas pessoas que colocou na minha vida e pelo meu casamento. Ao meu marido, Cesar, meu grande incentivador: é com ele que posso vivenciar a dádiva do casamento. Aos meus pais, Rozineide e Luiz, e ao meu irmão, Saimon, pelo incentivo, apoio e amor de uma vida inteira. Obrigada a todos que contribuíram para este projeto tornar-se realidade. Por fim, obrigada à minha parceira neste livro, Glenda.

Agradecemos também à Priscila Camila Gheno Propp, *in memoriam*, que foi a pessoa que nos apresentou uma à outra e nos proporcionou a oportunidade de sermos amigas e parceiras.

*Mais do que instruir os noivos,
queremos, com este livro, abraçá-los.*

Apresentação

Este livro foi desenvolvido para as pessoas que pretendem se casar. É um guia prático sobre os preparativos para o casamento: cerimônia (civil e religiosa) e recepção (almoço, jantar, festa). A cerimônia de casamento é, historicamente, repleta de tradições. Hoje, embora sejam cada vez menos convencionais, as festas de casamento são desejadas e idealizadas pelos noivos e esperadas pelos amigos e familiares. O rito do casamento, além de todos os significados religiosos, estabelece um marco na vida das pessoas. Por isso, o rito do casamento é tão importante, seja qual for a escolha do casal ou o estilo de casamento, pois existem várias formas e maneiras de realizar o casamento, e para todos os gostos.

Este livro traz a experiência de uma cerimonialista e de uma noiva que, juntas, realizaram uma linda cerimônia e festa de casamento. Assim, com visões diferenciadas, essa parceria propiciou que o livro fosse composto de informações úteis da área de formação das autoras, com dicas e exercícios práticos. Esta obra está estruturada em 10 capítulos, os quais explicam as várias etapas da organização do casamento. No primeiro capítulo, os noivos serão conduzidos a tomar as primeiras decisões relacionadas à organização do casamento, tais como a data do casamento, a quantidade de convidados e o valor monetário de que o casal dispõe para gastar no casamento. Essas decisões devem ser tomadas antes de contratar qualquer fornecedor, pois a maioria dos contratos será baseada nessas informações.

O papel da cerimonialista é amplo e gera muitas dúvidas entre os noivos. Por isso, no segundo capítulo, serão explanadas as funções da cerimonialista na assessoria, no planejamento e no acompanhamento do casamento. Um casamento feliz e sem exceder o orçamento é o sonho dos noivos. Com a organização financeira para o casamento, o sonho poderá ser alcançado. Para isso, compreenda os três passos nas finanças para o casamento, a análise de orçamentos e contratos e aprenda a colocar o planejamento em prática.

Os noivos têm muitas opções de estilo de casamento, tais como clássico, rústico, pé na areia, temático ou bucólico. Entenda a diferença de cada estilo de casamento e identifique o seu. Um momento de dificuldade para muitos noivos é o das contratações dos fornecedores ou dos serviços para o casamento. Por isso, saiba quais são as informações que exigem atenção em um contrato. Ainda, apresentamos diversas opções de serviços e fornecedores que poderão auxiliar os noivos a identificar quais são as prioridades.

A escolha dos convidados, dos padrinhos, das damas e dos pajens também costuma ser uma decisão difícil. Assim, busca-se direcionar as decisões para tornar o momento da escolha agradável para que o momento do convite seja prazeroso. O capítulo aborda ainda sobre o chá de panela, o chá de lingerie e a despedida de solteiro. O Capítulo 7 é para gerar aquele frio na barriga dos noivos, aquela expectativa gostosa ao imaginar o grande dia. "Casamento passo a passo: do cortejo à recepção", como o nome diz, aborda todos os passos do dia do casamento. Ainda, tire suas dúvidas relacionadas à chuva no dia do casamento (casamento externo), à desistência da entrada de crianças, à falta de energia, entre outros detalhes.

O casamento é um momento lindo, feliz e emocionante, entretanto as coisas sempre podem ser melhores, pois há detalhes que fazem a diferença na organização e no dia do casamento. No Capítulo 8, os noivos terão inúmeras ideias de como tornar o momento mais especial, tais como: lanchinho da madrugada, chinelos na festa, máquina de café e cabine de fotos. "Noivos: sentimentos, emoções e experiências": este é um capítulo para deixar a emoção falar mais alto. Faça uma reflexão do namoro e do noivado. Saiba que haverá decisões difíceis em todo o processo de organização do casamento, entretanto respire fundo, seja grato, e a recompensa virá de forma linda no dia do seu casamento.

A sustentabilidade em casamentos é uma questão de responsabilidade social e ambiental. Entenda o que é impacto ambiental e como a sua festa de casamento poderá impactar o meio ambiente. Ainda, no capítulo 10, aprenda como aplicar os 5Rs no seu casamento.

E, para você, noiva ou noivo, que está nos perguntando *Vou me casar. E agora?*, este livro visa direcionar as suas decisões da melhor forma possível, por isso criamos tópicos intitulados "Agora vamos pensar no seu casamento". No fim de cada capítulo, encontre questões e quadros que auxiliarão nas decisões e no controle da organização do seu casamento. Por fim, desejamos que o seu casamento seja lindo e abençoado e que este livro possa ajudá-lo a realizar o seu sonho com mais alegria e paz no coração.

SUMÁRIO

1 AS PRIMEIRAS DECISÕES 17

    1.1 O que você espera do casamento? 18

    1.2 Quando será o casamento? 18

    1.3 Qual o número de convidados? 18

    1.4 Que valor monetário vocês têm para gastar no casamento? 19

2 O PAPEL DA CERIMONIALISTA 23

    2.1 Qual a função da cerimonialista? 24

    2.2 Assessoria e planejamento do casamento 24

    2.3 Acompanhamento do casamento pela cerimonialista 25

3 ORGANIZAÇÃO FINANCEIRA PARA O CASAMENTO 29

    3.1 O primeiro passo nas finanças 30

    3.2 O segundo passo nas finanças 31

    3.3 O terceiro passo nas finanças 34

    3.4 Como analisar os orçamentos e os contratos? 34

4 ESTILOS DE CASAMENTO 39

    4.1 Clássico ou tradicional 40

    4.2 Rústico 40

    4.3 Moderno 41

    4.4 Pé na areia 41

    4.5 Temático ou personalizado 42

    4.6 Bucólico 42

5 FORNECEDORES/SERVIÇOS DE CASAMENTO 45

5.1 Gastronomia 47

5.2 Gerador de energia 48

5.3 Papelaria 49

5.4 Músicos 50

    5.4.1 As músicas da cerimônia religiosa 51

5.5 Bar itinerante 52

5.6 Bebida por consignação 52

5.7 Traje da noiva e do noivo 52

    5.7.1 O traje da noiva 53

    5.7.2 O traje do noivo 54

5.8 Serviço de montagem coreográfica 55

5.9 Salão de festas 56

5.10 Espaço de beleza para a noiva 56

5.11 Decoração 57

5.12 Foto e filmagem: do pré-wedding ao pós-casamento 58

    5.12.1 Dicas para a contratação de foto e filmagem 59

5.13 Bolo de casamento 62

6 A ESCOLHA DE CONVIDADOS, PADRINHOS, DAMAS E PAJENS 69

6.1 A lista de convidados 70

6.2 Madrinhas e padrinhos: a escolha 71

6.3 Madrinhas e padrinhos: a roupa 71

6.4 Madrinhas e padrinhos: o convite 72

6.5 A padrinhos e madrinhas 72

6.6 Chás: panela e/ou lingerie 73

6.7 Despedida de solteira e de solteiro 75

6.8 Damas e pajens: a escolha 75

7 CASAMENTO PASSO A PASSO: DO CORTEJO À RECEPÇÃO 81

7.1 Detalhes da cerimônia de casamento 83

7.2 Detalhes da recepção de casamento 87

8 DETALHES QUE FAZEM A DIFERENÇA 95

8.1 Os buquês 96

8.2 Nécessaire da noiva 97

8.3 Lanchinho da madrugada 98

8.4 Kit de toilet 99

8.5 Chinelos de festa 99

8.6 Máquina de café/café italiano 100

8.7 Cabine de fotos 100

8.8 Lista de presentes de casamento 101

8.9 Sites de casamento 102

9 NOIVOS: SENTIMENTOS, EMOÇÕES E EXPERIÊNCIAS 107

9.1 O namoro 108

9.2 O noivado 109

9.3 Decisões difíceis 109

9.4 Respire fundo 110

9.5 Seja grato 111

9.6 O grande dia 111

10 SUSTENTABILIDADE EM CASAMENTOS 115

10.1 Impacto ambiental: como sua festa de casamento pode impactar o meio ambiente 116

10.2 Como aplicar os 5Rs no seu casamento 117

As primeiras decisões podem ser desafiadoras, mas vai ficar tudo bem.

1

As primeiras decisões

Se você está noiva(o), acalme-se: tudo ficará bem. Em um primeiro momento após o noivado, é comum que as pessoas fiquem eufóricas para organizar o casamento e, ao mesmo tempo, sem saber por onde começar. Uma boa conversa entre o casal é recomendada.

Os noivos vêm de famílias distintas, com criação e hábitos diferentes, e nesse momento muitas coisas podem contrastar. A pergunta que deve iniciar a conversa é:

1.1 O que você espera do casamento?

É importante que os noivos concordem quanto à modalidade de casamento: se civil; se civil e religioso; se somente religioso; se haverá almoço, jantar ou festa; se os convidados serão somente pessoas essenciais ou se incluirão mais pessoas. E até mesmo quais pessoas são essenciais.

Caso seja da vontade de ambos que haverá uma cerimônia religiosa, precisam decidir em qual religião se casarão, especialmente se forem de religiões diferentes. Ou se poderão fazer uma cerimônia ecumênica ou com disparidade de cultos.

Em um segundo momento, a conversa deverá ser mais objetiva e as decisões relacionadas a data, convidados e valor monetário deverão ser tomadas.

1.2 Quando será o casamento?

A decisão de quando se casar é primordial para a organização do casamento, pois sem essa informação não há como reservar datas, fornecedores, convidados, organizar planilha financeira. Enfim, a data deverá ser decidida o mais cedo possível.

1.3 Qual o número de convidados?

O número de convidados influenciará no local onde o casamento acontecerá; no contrato com os fornecedores; e no orçamento. Por isso, sugere-se que os noivos estabeleçam o estilo do casamento (tradicional, intimista etc.), e, com base nisso, cada um deve fazer a sua lista de convidados para que ambos decidam juntos quem convidarão.

1.4 Que valor monetário vocês têm para gastar no casamento?

Com base no que os noivos esperam do casamento e no número de convidados, o próximo passo é definir o valor que poderá ser gasto e qual a origem desse valor. Recomendamos nesse primeiro momento as seguintes observações:

Caso não esteja claro que receberão ajuda (pais, sogros, tios, outros), não contem com isso.

Não conte com presentes (mesmo em dinheiro) para pagar parte das despesas com casamento, nova moradia ou lua de mel: esses valores devem ser considerados um extra. O mesmo aplica-se ao valor da brincadeira da gravata do noivo ou do sapato da noiva. Ainda, se optar por essas brincadeiras no seu casamento, não use adesivos para colar em seus convidados com frases do tipo *Mão de vaca*, *Deu só R$ 50*, *Já dei*. Esses adesivos podem parecer brincadeira, mas constrangem muitos convidados.

Não se esqueça de planejar onde vão morar e como vão custear as despesas.

Caso desejem ter filhos (especialmente em curto prazo), é importante considerá-lo no seu planejamento.

Atenção: divergir sobre um tema é normal, mas discuta com amor. Decisões importantes exigem atenção. Sentimento de frustração pode aparecer nesse momento. Busque racionalizar ao máximo. Comprem o sonho um do outro, para que ambos estejam felizes e os desejos de ambos sejam realizados. Um olhar no sentimento e o outro na razão.

Após muitas conversas, algumas frustrações e muitas alegrias, chegamos a algumas perguntas.

Agora vamos pensar no seu casamento!

Quando será a data do nosso casamento?
_____
_____

Quantos convidados teremos em nosso casamento?
_____
_____

Que valor monetário temos para gastar no casamento?
_____
_____

CERIMONIALISTA:

ENTRE ASSESSORA E AMIGA, AQUELA PESSOA COM QUEM VOCÊ DEVE CONTAR.

2

O PAPEL DA CERIMONIALISTA

É natural que o casal de noivos se sinta perdido ao iniciar a organização do casamento, pois ainda não possuem conhecimento suficiente sobre o tema. Por isso, após definirem a data do casamento, a quantidade de convidados e o valor monetário disponível para o casamento, o segundo passo é a contratação da cerimonialista de casamento.

Você pode estar pensando: É obrigatória *a contratação de uma cerimonialista de casamento?* A resposta para essa pergunta é não, mas é altamente recomendado que o façam. Geralmente há duas opções de contratação: (1) assessoria completa, em que a profissional acompanhará todo o processo de organização do casamento; (2) assessoria parcial, em que a profissional acompanhará o dia do casamento.

Algumas empresas oferecem o serviço de cerimonialista do dia. Sugere-se evitar essa opção, pois a cerimonialista terá de conduzir os fornecedores sem ter o conhecimento prévio das negociações, apenas por meio da leitura dos contratos. Além disso, não terá tido um contato prévio com os fornecedores, apenas na reunião da produção.

Por outro lado, o profissional que acompanhou toda a organização do casamento sabe qual o estilo dos noivos e quais os objetivos, estando, assim, capacitado para a tomada de decisão.

Vamos entender melhor sobre esse profissional, que certamente fará toda a diferença para a realização do seu casamento.

2.1 Qual a função da cerimonialista?

A cerimonialista é a profissional que assessorará os noivos na organização do casamento, trabalhando com discrição para que tudo ocorra conforme o planejado, no tempo certo e dentro dos protocolos atribuídos.

A cerimonialista faz hoje o papel que os pais faziam anos atrás, cuidando de tudo para que os filhos aproveitassem da melhor forma possível o dia do casamento. Por isso, esse profissional vai assessorar o processo do casamento com dicas e orientações de orçamentos.

Você pode ainda, se preferir, contratar uma cerimonialista para organizar o chá de panela, lingerie ou despedida de solteiro. Isso tornará o momento mais tranquilo para os noivos e os convidados.

2.2 Assessoria e planejamento do casamento

Vamos agora conhecer de forma mais aprofundada todo o trabalho desse profissional.

Identificação do perfil do cliente: fazer uma reunião inicial de briefing para conhecer melhor o perfil do cliente; conhecer seus gostos; fornecer sugestões para personalização do evento com dicas importantes.

Gestão do orçamento: assessorar o cliente na definição do seu orçamento e o acompanhamento para que os gastos monetários permaneçam dentro do valor estimado.

Assistência para locação do evento: auxiliar na definição da locação conforme a preferência e estilo do casal e do casamento para a cerimônia e/ou recepção, bem como a negociação; verificação de alvarás; e contratação.

Assistência para a escolha do buffet: auxiliar na escolha do buffet conforme estilo dos noivos, dos convidados e do casamento; na negociação e na contratação.

Indicação de fornecedores: disponibilizar uma considerável rede de contatos de profissionais das mais diversas áreas, a fim de oferecer opções para o cliente escolher (fotografia, vídeo, decoração, bolo, doces, trajes, convites etc.). Organizar reuniões com esses profissionais ou outros que o cliente indicar. Ainda, participar dessas reuniões com o cliente para continuar a guiá-lo nesse processo, bem como para assegurar que tudo permaneça dentro do orçamento.

2.3 Acompanhamento do casamento pela cerimonialista

Inclui, no acompanhamento do casamento, as seguintes atividades a serem desenvolvidas pela cerimonialista:

Supervisão e coordenação dos fornecedores na cerimônia e na recepção: garantir que tudo ocorra conforme acordado com os noivos.

Acompanhamento na montagem e decoração do casamento: cuidar para que os itens e serviços contratados sejam entregues na data e hora programada; para que a equipe de foto e vídeo possa registrar os detalhes; garantir que os contratos sejam cumpridos.

Cronograma: alinhar cronograma/roteiro com os noivos e repassá-lo para os fornecedores; assim todos estarão em sintonia.

Solução de eventuais imprevistos: em caso de imprevistos, o profissional possui experiência para auxiliar na resolução dos problemas.

Recebimento, acomodação e contagem dos convidados: receber e orientar cada convidado, especialmente aqueles que necessitarem de cuidados especiais (por exemplo, um cadeirante). É muito importante fazer a contagem do número de pessoas presentes durante a cerimônia e passar para o responsável do buffet, evitando imprevistos, caso haja convidado extra.

Confirmação com fornecedores: na semana do casamento, a cerimonialista deve confirmar todos os fornecedores, organizando todos os detalhes. Essa confirmação pode evitar frustrações, tais como a ausência de um fornecedor.

Confirmação de presença: o número de convidados influencia em diversos serviços contratados, tais como buffet, bebidas, lembrancinhas e espaço físico. Salienta-se que, tanto no convite quanto no site de casamento, deve-se tornar claro qual a forma de confirmação de presença. Uma das formas de confirmação pode ser por meio da cerimonialista.

Organização na entrada do cortejo: avisar as equipes de foto, vídeo, músicos e celebrantes que o casamento será iniciado, para que todos estejam em seus lugares. Todo o roteiro é previamente aprovado pelos noivos e repassado aos profissionais. Recomenda-se deixar um profissional coordenar o início do cortejo religioso; outro profissional com a equipe de música; e outro profissional orientando os assentos. Se forem tomados todos os cuidados durante a organização do casamento, será possível obter um resultado de excelência.

Controle e conferência das bebidas na recepção: para evitar custo monetário extra ou erro, acarretando bebidas a menos.

Auxílio na sessão fotográfica: se os noivos optarem por fazer as fotos com os convidados, a cerimonialista deverá organizar este momento.

Repasse de pagamento a fornecedores: orientar os noivos para que façam, até a semana do casamento, esses repasses e, assim, não haja circulação de valores monetários durante o evento.

Recebimento de presentes: receber e etiquetar as embalagens com nome e sobrenome, para facilitar possíveis trocas.

Entrega de relatório final do evento: elaborar e entregar um relatório no qual constem as quebras, o consumo de bebidas, o número de convidados presentes; e as informações sobre alimentos não consumidos (isso também pode ser alterado conforme perfil dos noivos); a entrega dos presentes; os pertences do cliente; e as sobras das lembranças para responsável designado pelos noivos.

Recepção dos convidados: as cerimonialistas são as anfitriãs em nome dos noivos, então devem orientar cada convidado com carinho e principalmente atendendo a suas necessidades (arrumar um lugar de melhor acesso para os cadeirantes, providenciar cadeira para crianças, verificar os trocadores no banheiro).

Distribuição de lembrancinhas: é de bom tom entregar em mãos esse mimo para cada convidado.

Permanência no local até o fim da festa: permanência da cerimonialista até o fim, para evitar falhas.

Atenção: a avaliação jurídica dos contratos fica a cargo do cliente.

A busca por uma cerimonialista deve considerar o estilo do casamento, o orçamento do casal e os serviços que buscam. Além do mais, sugere-se a escolha de uma profissional com personalidade e valores que vão ao encontro do casal, pois, de todos os envolvidos, é o profissional com o qual o casal terá mais contato.

Sugere-se ainda que, antes de assinar os contratos, verifique se constam todos os serviços que os noivos consideram importantes. E você: já começou a busca pela cerimonialista ideal para vocês?

Agora vamos pensar no seu casamento!

Que serviços da cerimonialista são fundamentais para você?

_____
_____
_____
_____

ORÇAMENTOS, CONTRATOS, CONTROLE FINANCEIRO: ORGANIZAÇÃO QUE TRAZ TRANQUILIDADE.

---— 3 ———

ORGANIZAÇÃO FINANCEIRA PARA O CASAMENTO

Que tal ter uma cerimônia de casamento abençoada, uma festa/recepção linda, uma lua de mel inesquecível e, depois de tudo, voltar para o seu lar e ficar com as mais belas memórias e sem dívidas? O segredo é... organização financeira.

O noivado foi criado para que os noivos se organizem para o casamento, até mesmo financeiramente. O ideal é que as pessoas que desejam se casar se organizem financeiramente antes mesmo de encontrarem o amor da sua vida. Mas isso é a realidade de poucos. Então, vamos considerar uma organização financeira em casal, do noivado em diante.

No Capítulo 1, estipulamos um valor monetário para gastar com o casamento. Nessa etapa, é necessário ter esse valor em mente. Se possível, faça também uma estimativa de gasto por fornecedor (por meio de amigos e informações da internet). Muitos noivos, quando estão organizando o casamento, logo no primeiro contrato são surpreendidos e às vezes acabam comprometendo 15% do valor planejado só com um fornecedor. Sempre que isso ocorrer, é necessário repensar o planejamento, ajustar o orçamento e estabelecer prioridades.

Ao organizar o casamento, deparamo-nos com uma série de fornecedores, contratos, pacotes; e, se não colocarmos tudo no papel ou numa planilha, fica bem complicado saber o que vale a pena. E a dúvida é... como analisar?

3.1 O primeiro passo nas finanças

Estamos noivos! Que alegria! Mas e agora? Respire fundo, converse com seu(sua) noivo(a) sobre os itens propostos no Capítulo 1; e, ciente da data do casamento, do número de convidados e do valor monetário que o casal tem para gastar no casamento, será possível se planejar financeiramente.

O primeiro passo é chegar ao valor que podem gastar no casamento. Revise as economias, os bens, os investimentos. Analise as receitas e despesas que possuem e também as que terão na vida de casados.

Considere moradia, filhos, sonhos, pois é importante ser racional nesse momento, e não deixar que somente os sentimentos tomem conta durante o planejamento. Organize o casamento para vocês, pela bênção, para celebrar o amor.

O ser humano, muitas vezes, pode ser insaciável: logo após realizar um sonho, a mente cria outros sonhos. A alegria da realização de um sonho pode durar apenas até o tempo de criarmos mais sonhos.

Os desafios que envolvem dinheiro podem acarretar brigas, frustrações e sabotar a felicidade do casal. Então, leve em consideração os maiores sonhos e desejos pós-casamento. Gastar todas as economias no casamento pode fazer sentido agora, mas, assim que a festa acabar e vocês entrarem na casa de vocês, precisarão lidar com todos os novos desafios e objetivos que terão. Assim, ter gastado valores exagerados para uma festa de casamento poderá não fazer sentido nenhum. Poderia ter sido menos pomposo e, ainda assim, feliz e amoroso.

Por fim, faça algo que seja a cara de vocês, com que os convidados possam identificar a personalidade dos noivos no casamento. Os noivos podem surpreender os convidados sem causar estranheza, sem que estes pensem que estão no casamento errado ou que este não está condizente com as pessoas que eles conhecem e amam. Deixe refletir na festa de casamento a personalidade do casal, suas características e seus valores. Depois, quando você vir as fotos e vídeos, vai ter a alegria de se reconhecer em tudo.

Agora, com todas essas questões em mente, vamos rever uma das perguntas do Capítulo 1:

Que valor monetário estamos dispostos a gastar para a realização do casamento?

_____

_____

3.2 O segundo passo nas finanças

O segundo passo nas finanças para o casamento é criar um orçamento. Isso porque existem diversas opções disponíveis, diversos fornecedores e serviços para compor o casamento. Quando decidir realizar seu sonho sem exagerar nos gastos financeiros, então estabelecer prioridades será fundamental. Enfim, opte pelo que for mais importante para vocês.

Utilize sites de internet ou informe-se com amigos que se casaram recentemente, para ter uma base dos valores de mercado na região onde vai realizar o casamento. Caso já tenha contratado um cerimonial para assessorar a organização do casamento, ela poderá o auxiliar com os orçamentos de fornecedores diversos. Realize no mínimo três orçamentos para cada serviço a ser contratado.

Elabore uma planilha (se preferir, imprima) e discrimine tudo o que for possível antes da tomada de decisão. Ou utilize o quadro disponibilizado no fim do capítulo.

É importante adicionar na planilha os valores estimados e os valores reais; isso porque a coluna do valor estimado é para colocar o valor que o casal pretende gastar com cada fornecedor. Já na coluna do valor real o casal colocará o valor gasto efetivamente. O casal pode criar um quadro semelhante para todos os fornecedores e também um quadro semelhante para cada fornecedor individualmente, caso deseje controlar os serviços prestados por distintos fornecedores. Por exemplo: o mesmo fornecedor vai fotografar e filmar, mas os orçamentos são separados; o mesmo fornecedor vai fazer os doces e o bolo, mas os orçamentos são separados, e assim sucessivamente.

A maioria dos fornecedores de casamento exige discriminado em contrato que o valor financeiro seja quitado até o dia do casamento. Alguns o exigem um mês antes, outros 15 dias antes, e isso pode variar de acordo com cada fornecedor. Por isso, a sua planilha iniciará no mês que iniciarem a organização do casamento e terminará no mês do casamento.

Supondo que vocês vão começar a organizar o casamento em março e a data em que se casarão seja em outubro, então a sua planilha deve estar compreendida entre os meses de março e outubro. No mês de novembro, não deverá existir mais nenhuma pendência financeira em relação ao casamento. Assim, vão começar a vida de casados sem estar sobrecarregados financeiramente.

O Quadro 1 demonstra como você deve se organizar para que os pagamentos não ultrapassem a data do casamento. Suponha que o casal começou a se organizar em março para se casar em outubro; então, até outubro, todas as despesas do casamento deverão estar quitadas, independentemente de o valor ter sido pago à vista ou parcelado.

Quadro 1 – Organização de pagamentos para o casamento

Serviço	Mar.	Abr.	Maio	Jun.	Jul.	Ago.	Set.	Out.	Total
Cerimonial	R$								R$
Fotografia		R$	R$						R$
Filmagem		R$	R$	R$	R$				R$
Convites			R$						R$
Músicos				R$					R$
Decoração						R$	R$	R$	R$
...									

Fonte: as autoras

Aconselha-se ainda que os noivos reservem um valor monetário de segurança para casos de imprevistos. Por exemplo: a decisão, em cima da hora, de passar um vídeo do casal no casamento; valor de hora extra de garçons no casamento; quebra de copos contabilizados após o casamento.

3.3 O terceiro passo nas finanças

Agora que os noivos estão organizados e com um valor em mente para gastar no casamento, já podem começar a analisar os orçamentos de diversos fornecedores antes de tomarem decisão.

Uma dica é tomar uma decisão por semana, sempre que possível. Então, numa determinada semana, faça pelo menos três orçamentos de fotografia; ou, se você contratou uma cerimonialista, solicite que ela lhe envie alguns orçamentos. Analise, depois tome uma decisão e, se for viável, contrate. Na semana seguinte, analise outro fornecedor, e assim sucessivamente, até que todos os fornecedores sejam contratados.

Haja sempre com a emoção e com a razão alinhadas. Você provavelmente vai ouvir ao longo do processo muitas pessoas lhe perguntando qual é o valor do seu sonho. E a resposta é simples: o seu sonho custa o valor que você pode e está disposto a gastar. E não esqueça: gaste mais no que for prioridade para você; isto é o que vai chamar a sua atenção no dia, nas fotos, no vídeo e evitará frustrações.

3.4 Como analisar os orçamentos e os contratos?

Imagine que você está com três orçamentos de decorador em mãos. Você sabe como analisar os orçamentos? Será que o melhor para vocês é o mais financeiramente recomendável? E como esse orçamento deverá ser refletido no contrato de prestação de serviço?

Há uma série de opções, tanto para fornecedores quanto para pacotes de serviço, principalmente em cidades grandes. E nesses casos a principal dica é negociar e analisar o custo-benefício. Seguem algumas dicas:

Solicite sempre pelo menos três orçamentos: o ideal é solicitar três orçamentos de fornecedores diferentes. Entretanto, se nenhum o agradar, solicite outros. Caso, na sua cidade, haja poucas opções, vale lembrar que muitas empresas fazem casamentos na cidade que o cliente escolher. Existem até opções de *destination wedding* e casamento internacional, por exemplo, os famosos casamentos em Las Vegas, Punta Cana, Cancún (ótimas opções para também renovar votos).

Dos orçamentos disponíveis, selecione as empresas que possuam o serviço que você realmente deseja para o seu casamento: por mais óbvio que possa parecer, algumas empresas não tem o serviço ou material desejado. Vale a pena ouvir as propostas e ideias do fornecedor, mas continue buscando aquilo que vocês almejam.

Considere o custo-benefício, e não somente o valor total do pacote: é necessário colocar no papel (ou planilha) quais os benefícios e o custo financeiro de cada item que compõe o pacote, pois o valor total do pacote não significa que o custo de um determinado pacote seja maior ou menor em relação a outro. Faça as contas!

Busque referências dos fornecedores: busque saber a opinião de outros clientes que utilizaram os serviços desses fornecedores. Você pode verificar com pessoas conhecidas suas, amigos, cerimonial ou em sites confiáveis na internet. Hoje existem sites especializados em casamentos em que é possível ler a opinião e avaliação de outros consumidores. Leve em consideração se o fornecedor cumpre o que promete e se cumpre os prazos. Verifique se há reclamações ou processos referentes a determinado fornecedor em sites na internet ou em órgãos especializados para atender ao consumidor.

Vale ainda lembrar que, se outras características, além do serviço em si, forem importantes para você, então opte por conversar pessoalmente antes da sua tomada de decisão.

Agora vamos pensar no seu casamento!

Quais serviços de casamento são prioridade para o casal?

_____
_____
_____
_____
_____

Quantos meses vocês têm para organizar e realizar os pagamentos referentes às despesas do casamento?

_____
_____
_____
_____
_____

Quadro 2 – Orçamento para o casamento

Descrição	Fornecedor	Telefone / E-mail	Valor Estimado	Valor Real
Total				

Fonte: as autoras

Clássico, moderno, rústico: seu casamento, seu estilo.

4

Estilos de Casamento

Existem vários estilos de casamento que vão e voltam com o tempo e de acordo com a moda. No entanto, casamentos clássicos ou tradicionais sempre estão em alta, bem como casamentos na praia ou no campo.

O estilo do casamento depende muito dos noivos, da personalidade de cada um, da origem familiar e religiosa. Algumas famílias são mais tradicionais, e isso acaba refletido no casamento. Já famílias mais descoladas ou modernas poderão ter casamentos menos convencionais.

Os casais costumam ficar em dúvida sobre suas escolhas em relação à opinião dos convidados - agradar os convidados ou agradar somente os noivos? A festa não é somente para os noivos, nem somente para os convidados, mas para todos comemorarem juntos.

Por isso, tenham bom senso nas suas escolhas e procurem mesclar os gostos e assim agradar grande parte dos convidados, afinal agradar 100% dos convidados é bem difícil. Por isso, analise os gostos musicais também dos convidados ao definir a lista de músicas que serão tocadas. Ao escolher o cardápio, procure também opções para convidados com restrição alimentar. Enfim, faça com que os seus convidados se sintam parte da celebração e comemoração do casamento.

Para a definição do estilo de casamento, é necessário também que os noivos já tenham definido quanto pretendem gastar, monetariamente, no casamento. Pois, conforme o estilo do casamento, variam os custos financeiros. O mais importante é que o estilo do casamento reflita a personalidade e as crenças dos noivos.

Apresentam-se na sequência as opções de estilos de casamento.

4.1 Clássico ou tradicional

O casamento clássico ou tradicional é o casamento que reflete um casal mais conservador. A cerimônia religiosa acontece em uma igreja. A decoração é elegante, sofisticada e com cores mais suaves, lustres, flores e velas. Romântico, não é?

4.2 Rústico

Os casamentos rústicos acontecem geralmente em locais relacionados à natureza, como um sítio/chácara/fazenda. Podem, em um primeiro momento, parecer simples, mas não necessariamente o são. E muitos casais investem nesse estilo de casamento. São casamentos que podem acontecer ao entardecer e ao ar livre, aproveitando a luz e a natureza para dar aquele charme a fotos e vídeos. Nesse estilo são muito utilizados móveis em madeira, cores alegres e plantas.

Algumas dicas são válidas para esse estilo de casamento, tais como: disponibilizar repelente; verificar as ruas de acesso; verificar a estrutura do local; informar-se sobre as opções de hospedagem para os convidados.

4.3 Moderno

O casamento moderno é composto por coisas que estão na moda, como o nome já diz, e, por isso, mudam muito. Para quem quer um casamento moderno, a dica é ir a feiras de noivas para saber o que está sendo usado no momento. Ou ainda buscar informações em sites na internet.

4.4 Pé na areia

Casamentos mais ousados como o pé na areia estão sempre em alta. O casamento pé na areia é o casamento em que a cerimônia acontece na praia, literalmente com o pé na areia. Esse é um estilo de casamento lindo e romântico, e é uma tendência entre os casais.

Para que você possa realizar um casamento nesse estilo, é necessário solicitar uma liberação para uso da praia na prefeitura da cidade em que o casamento será realizado, e haverá uma taxa que deverá ser paga para realizar o evento na praia.

No caso de um casamento pé na areia ou ao ar livre, é preciso ter um plano B, pois pode chover ou ventar, e, se isso acontecer, é necessário ter um planejamento de lugar seguro para realizar o casamento.

Outro ponto importante é que a cerimônia de frente para o mar, ao pôr do sol, é linda, mas, como todo casamento, demanda organização e antecedência. Além de precisarem de um plano B, os noivos devem saber que, se optarem por realizar o casamento em uma praia pública, não estarão livres dos olhares curiosos. Por isso, sugere-se evitar os meses de alta temporada e feriados, pois, além de haver mais pessoas nas praias, os hotéis têm tarifas mais altas para hospedagens dos noivos ou dos convidados, caso seja necessário.

4.5 Temático ou personalizado

O casamento temático ou personalizado depende de muita criatividade. O casal escolhe o tema, que pode ser, por exemplo, um filme, uma série, um *hobbie*, uma profissão, o que os noivos preferirem. E com base nesse tema a decoração é montada, com cenários, músicas, papelarias, brincadeiras, tudo conforme o tema escolhido.

4.6 Bucólico

O casamento bucólico tem como marca registrada o bem-estar e o romantismo. Com uma decoração leve e conectada à natureza, esse estilo pede uma mobília em cores claras, o aproveitamento de árvores para a decoração (se possível), objetos de porcelana e tecidos florais. Pode acontecer em um sítio/chácara/fazenda, de frente para um lago, e, se coincidir com o pôr do sol, certamente deixará tudo ainda mais lindo e romântico.

Agora vamos pensar no seu casamento!

Com qual estilo de casamento você mais se identifica?

_____
_____

Quais elementos (decoração, bolo, doces, entre outros) você acredita serem fundamentais para o seu casamento? Quais as características desses elementos? Solte a imaginação.

_____
_____
_____
_____

Os profissionais que vão tirar o seu Sonho do papel e colocá-lo em prática.

5

FORNECEDORES/SERVIÇOS DE CASAMENTO

A busca pelos fornecedores de casamento não é uma tarefa simples, exige dedicação, paciência, pesquisa e conversa. Por isso, a nossa primeira dica é que o primeiro fornecedor que você contrate seja a assessoria de uma cerimonialista, pois, com todo seu conhecimento e experiência, essa profissional poderá lhe poupar tempo e tornar a busca pelos demais fornecedores bem mais simples.

A seguir, apresentam-se dicas úteis quando o assunto é fornecedores:

Faça reuniões com os profissionais que mais despertaram o seu interesse: nessa fase os noivos recebem dicas de fornecedores de amigos e familiares; conhecem fornecedores em feiras e eventos de noivos; recebem propaganda em suas redes sociais; além dos orçamentos que podem solicitar para a cerimonial, isto é, vão conhecer diversos profissionais. Sempre que possível, faça uma reunião com cada um dos fornecedores, especialmente quando não é só custo que está envolvido. Fornecedores que amam o que fazem e, por isso, fazem todo o possível para realizar o desejo dos noivos são fundamentais. Cada noivo/noiva tem coisas que são importantes para si, e uma boa conversa pode esclarecer muitas dúvidas.

Busque referências dos fornecedores que deseja contratar: quando fizer suas pesquisas na internet sobre seus fornecedores, chame os últimos clientes das postagens e pergunte ao próprio cliente como foi a sua experiência com aquele fornecedor. Muitas vezes os clientes não expõem, de forma on-line, quando não tem uma boa experiência com determinado fornecedor, pois estarão, de certa forma, criticando também sua própria festa. Por isso, converse com os clientes em particular, pois assim lhe contarão as experiências que tiveram.

Casamento com data adiada: muitos fornecedores podem estar despreparados para agir em emergências como alterações de datas, entretanto o adiamento de um casamento pode acontecer. Por isso, observe alguns detalhes: verifique se no contrato se fala sobre adiamento de datas e quais as consequências (reajuste, multa, quebra de contrato). Caso não consigam entrar em um acordo, os noivos poderão recorrer a um órgão de defesa do consumidor. Por fim, de modo geral, leia os contratos e procure documentar as conversas com fornecedores.

Quanto aos contratos, certifique-se de que, nos contratos assinados com os fornecedores e serviços, constam as seguintes informações:

Dados completos do contratante (nome completo, nacionalidade, profissão, estado civil, RG, CPF, endereço completo com CEP, telefone e e-mail).

Dados completos da contratada (razão social, CNPJ, endereço completo com CEP, telefone, e-mail).

Dados do representante da empresa (nome completo, nacionalidade, profissão, estado civil, RG, CPF, endereço completo com CEP, telefone e e-mail).

Os direitos e deveres especificados detalhadamente.

Se houver multa moratória, não pode ultrapassar 2%.

Eleição do foro (local conveniente para as partes resolverem judicialmente os possíveis problemas).

Assinatura em todas as vias.

Assinatura de duas testemunhas, especificando o nome e o CPF.

Há outras peculiaridades a levar em consideração em relação a cada fornecedor e serviço. Vamos pensar em cada uma delas agora?

5.1 Gastronomia

Sugere-se aos noivos fazer a degustação dos cardápios (a maioria dos buffets fornece a degustação como cortesia antes do fechamento do contrato). Além disso, procure informar-se com os convidados sobre possíveis restrições alimentares, pois algumas pessoas vão a eventos e, devido a restrições alimentares, não conseguem desfrutar do cardápio. Se for o caso de alguns familiares ou amigos, avise o buffet com antecedência.

Outro detalhe para lembrar é que os fornecedores e sua equipe geralmente também se alimentarão no evento, por isso devem ser contabilizados.

Verifique o custo do almoço/jantar por pessoa e faça o pagamento somente depois da confirmação dos convidados ou depois do jantar (se for possível), para que não pague por pessoas que não comparecerem ao casamento.

Atente-se quanto ao contrato incluir lanche ou café da madrugada, pois, geralmente, se a festa se alongar, será necessário cardápio/alimentos para um lanche. Recomenda-se, em festas longas, levar dinheiro em espécie, pois poderá ter de pagar hora extra para os garçons. Observe, até mesmo, a taxa de garçons e o valor da hora extra.

Verifique se a empresa contratada para o almoço/jantar tem autorização para prestar serviço no salão escolhido para a recepção. Aliás, informe-se sobre a legalidade de todas as empresas. É complicado quando há necessidade de atender a diversas burocracias extras em véspera de casamento.

Outras dicas sobre esse fornecedor: verifique o valor da multa por desistência; verifique se a entrada do almoço/jantar está inclusa e quais as opções e os valores; verifique se pratos, talheres e copos estão inclusos ou se será necessário providenciar a locação; verifique o valor de possíveis avarias, tais como a quebra de copos; verifique se o serviço de garçons está incluso ou se é preciso contratá-lo (em torno de um garçom para cada 25 convidados); verifique se o copeiro está incluso ou é se preciso contratá-lo; verifique se o *maitre* está incluso ou se é precisa contratá-lo.

5.2 Gerador de energia

Muitos casais ficam na dúvida sobre a efetiva necessidade da contratação de um gerador. Entretanto, uma tempestade ou uma batida de carro podem comprometer o fornecimento de energia elétrica do local. Outro detalhe é que muitos locais não comportam tantos equipamentos ligados ao mesmo tempo (fritadeira elétrica para o buffet, lustres, luz cênica e todo o equipamento do DJ), causando a queda de energia e podendo danificar equipamentos, o que pode comprometer o atendimento do evento.

Por isso, o gerador representa uma segurança que vai além da falta de luz. Lembramos ainda que, caso os noivos optem em contratar um gerador no dia do casamento, se faltar energia, possivelmente pagarão um valor consideravelmente mais elevado e ainda terão de esperar até a chegada do gerador ao local, o que pode demorar até algumas horas.

5.3 Papelaria

Quando falamos em papelaria de casamento, logo vêm a nossa mente os convites, porém os convites são apenas um dos itens da papelaria.

Então, o que mais está incluso na papelaria do casamento? Vamos conhecer todas as opções?

Inclui-se na papelaria do casamento:

Convite de noivado: para o caso dos noivos que desejarem fazer uma festa de noivado.

Caixas personalizadas: para convites a padrinhos, pais, damas e pajens.

Convite para chá de panela/despedida de solteiro: para o caso de os noivos optarem por essas festas.

Lágrimas de alegria: são os lencinhos de papel que ficam geralmente nos bancos da cerimônia.

Convites de casamento: o convite para o casamento.

Save the date: anúncio da data do casamento para que os convidados já possam se organizar.

Menu personalizado: sugere-se que o menu seja impresso somente depois de os noivos terem certeza de que o menu não sofrerá alterações.

Reserva de mesa: para o caso dos noivos que desejarem reservar mesas. Geralmente, mesmo que a opção seja deixar que os convidados se acomodem onde preferirem, é comum reservar mesa para noivos, pais e irmãos.

Lembrancinhas de casamento: Junto à lembrancinha do casamento, geralmente é inclusa uma *tag* ou cartão de agradecimento pela presença.

Ainda há outros itens que podem ser inclusos na papelaria e conforme a necessidade e criatividade do casal, tais como: votos do casamento; placas divertidas para fotos com a *hashtag* dos noivos (ou desenho dos noivos, ou apenas frases divertidas); ventarola ou abanador; manual para padrinhos e madrinhas (incluso nos convites de padrinhos e madrinhas); adesivos ou *tag* para kit de *toilet*; porta-guardanapo; *hashi* personalizado; convite individual/lista/*minicard*; *tag* de carro (com frases do tipo *recém-casados* ou nome do casal); porta-copos (já pode ser uma lembrancinha); plaquinhas *Lá vem a noiva*, para a cerimônia do casamento; brincadeiras diversas.

Geralmente fazer toda a papelaria no mesmo lugar fica mais fácil para negociar, conseguir descontos ou até mesmo ganhar brindes. Mas, financeiramente falando, a principal dica é ficar atento ao custo da papelaria extra, especialmente convites. É comum que os noivos solicitem convites extras, porém convites extras podem chegar a custar o dobro do valor original. Prefira pedir convites a mais no contrato do que solicitar convite extra.

Toda papelaria poderá ser personalizada conforme o desejo do casal, e geralmente as opções são: (1) nome dos noivos; (2) brasão dos noivos; (3) cores da decoração; e (4) estilo do casamento.

5.4 Músicos

Para a organização do casamento, os noivos precisam saber dosar a emoção e a razão, e isso não costuma ser fácil. Referente à trilha sonora do seu casamento, a dica é: para a escolha dos músicos, use a razão; para a escolha das músicas, a emoção.

A primeira coisa é sonhar... imaginar... individualmente... como cada um dos noivos gostaria que fosse... Sabe aquela música que toca o seu coração? Anote-a em uma listinha ou faça uma *playlist*. Ouça várias vezes. Imagine os padrinhos entrando na cerimônia, imagine os pais, as damas, os pajens, as floristas. Imagine-se! Imagine a expressão dos seus convidados. Imagine a sua expressão vivenciando, vendo seu(sua) noivo(a). Imagine-se também vendo o vídeo do seu casamento.

Sonhe sozinho também! Cada um tem uma vivência, uma experiência e coisas diferentes que o tocam. Ouça as músicas e anote-as separadamente. É importante que cada um possa ter as suas emoções consideradas e, de preferência, que cada um planeje a sua entrada. E não esqueça: nesse processo, tenham paciência um com o outro.

Em um segundo momento vocês vão unir as suas listinhas das músicas selecionadas e defini-las conforme o gosto, a emoção, os sonhos de cada um. Não se recomenda agradar somente um; os dois precisam estar felizes. Mas, antes dessa união de listinhas de músicas, ainda faltam uns passinhos.

Vamos agora apresentar quais momentos podem ter música na cerimônia religiosa, e posteriormente vamos falar da recepção.

5.4.1 As músicas da cerimônia religiosa

As músicas da cerimônia religiosa podem fazer toda a diferença no seu casamento, deixar tudo mais sério, mais emotivo ou mais engraçado.

Sempre que possível, busque alternar momentos, assim a cerimônia continuará com a seriedade que deve ter, com emoção, mas sem drama.

Como faço para ter um casamento romântico, emotivo, mas que não pareça triste? Aproveite alguns momentos para descontrair, por exemplo, na entrada de padrinhos, damas, floristas, pajens, entrada da aliança. E foque para deixar emotivo outros momentos.

Vale lembrar que, por mais planejado e dosado que seja cada momento, as pessoas e os momentos são únicos e especiais. Então, provavelmente, haverá momentos de muita emoção não planejada e momentos engraçados não planejados.

Alguns noivos optam por realizar somente casamento civil. Entretanto, caso optem por casamento religioso, lembramos que os momentos e as músicas podem variar conforme a religião. Então, busque sempre se informar sobre quais as regras do templo onde será seu casamento (se o casamento acontecer em um templo). Ainda, converse com o seu líder religioso (se ele for o celebrante).

Por fim, lembramos, verifique o valor da hora extra. Tanto a cerimônia poderá atrasar como a festa pode durar mais do que o previsto: ambos os casos poderão gerar despesas extras para os noivos.

5.5 Bar itinerante

Cada vez mais solicitados, os bares itinerantes tornam-se uma atração do casamento com seu grande número de drinks diferentes; alguns bares até mesmo fazem animação. Ainda, verifique se o gelo e os materiais necessários estão inclusos no orçamento, ou poderão gerar uma nova despesa. Ah... lembre-se de ter sempre bebidas sem álcool também.

5.6 Bebida por consignação

Ter ou não ter bebida alcoólica no casamento é uma decisão dos noivos e baseada na cultura e no hábito de noivos e convidados. Mas uma opção tanto para bebidas alcoólicas como para refrigerantes, suco e água é a consignação de bebidas.

A quantidade de bebida vai depender da quantidade de convidados do casamento. O Quadro 3, no fim do capítulo, poderá auxiliar no controle das bebidas. Crie uma planilha eletrônica ou use o quadro no fim do capítulo.

Muitos noivos acabam se esquecendo de alguns detalhes que, na maioria das vezes, a cerimonialista vai lembrar, mas fique atento aos baldes de gelo, aos gelos e ao congelador para as bebidas.

5.7 Traje da noiva e do noivo

Um dos momentos mais especiais para os noivos é a escolha dos trajes. Muitas vezes, é nesse momento que você se vê noiva ou noivo pela primeira vez, bem como é o primeiro momento da sua família vê-lo noivo ou noiva pela primeira vez, caso opte em escolher o traje com outras pessoas.

Aproveite esse momento, prove os trajes com alegria, admire-se com ele, acostume-se com o traje, olhe-se no espelho. Sorria. Imagine-se entrando na sua cerimônia, o olhar do seu noivo ou da sua noiva.

Insista no traje que você quer, naquele que sonhou. O traje que o representa. A escolha pelo traje ideal pode ser difícil, às vezes cansativa. Mas, seja com a companhia de amigos, seja com a companhia de familiares ou sozinho, de um modelo ou de outro, de um estilo ou de outro, insista até encontrar aquele que faz você se sentir bem, sentir-se noiva/noivo... emocionar-se!

Entretanto, se os trajes forem alugados ou de primeiro uso, fique atento para alguns detalhes. Verifique o custo no caso de danos, verifique ainda o custo do traje no caso de perda total. Procure devolvê-lo na data estipulada: algumas empresas cobram como multa por atraso quase o valor integral do aluguel do traje. O traje precisa estar alinhado com o casamento, o horário, o local e o estilo.

5.7.1 O traje da noiva

De todos os momentos que você vai viver na organização do seu casamento, a maior emoção está nessa escolha. Você poderá ficar emocionada, assustada, ansiosa, incrivelmente feliz: as reações e os sentimentos são diversos. Mas esqueça tudo por um instante, esqueça todos, aproxime-se do espelho e admire-se.

Talvez você não consiga encontrar o seu vestido na primeira busca, na primeira loja, na primeira costureira. Talvez precise provar muitos, e, se precisar, prove muitos até que você possa olhar no espelho e se encontrar, achar-se linda, sentir-se noiva. Pedir a opinião de outras pessoas na escolha do vestido pode ser bom, mas não esqueça: reconheça-se nele. É seu e é único.

No momento da busca pelo vestido ideal, sugerimos que leve com você sua mãe, especialmente se tiver um bom relacionamento com ela, afinal ela, com certeza, quer vê-la na sua melhor versão.

Caso sua mãe não possa participar, pense em alguém que honrará esse seu momento. Prove todos os modelos, mesmo aqueles que num primeiro momento você acredita que não seja o ideal para você, pois é muito comum que as noivas se apaixonem por modelos que não haviam planejado. Leve em consideração todos os detalhes, tais como horário do seu casamento, local, penteado. Tudo precisa estar em harmonia.

Hoje em dia existe muitas opções para comprar/alugar o vestido. É possível comprar o seu vestido em lojas especializadas ou pela internet (cuide muito, se optar por essa segunda opção; as suas medidas podem mudar durante a organização do casamento e ajustes podem ser necessários). Você pode optar por primeiro aluguel, em que poderá ser confeccionado o vestido especialmente para você. Poderá ainda optar pela locação de um vestido, opção mais usada em casamentos; e, por fim, emprestar um vestido.

Ao retirar seu vestido para o grande dia, não saia da loja sem provar o traje completo (vestido, sapatos, véu, acessórios). Imagine você descobrir, horas antes, que algo não está dentro do combinado ou aquele ajuste final não ter sido feito? Lidamos com pessoas, e elas podem falhar, então não corra riscos.

5.7.2 O traje do noivo

Muito se fala e se sonha com o traje da noiva, mas é importante ter consciência de que o noivo também estará no centro das atenções e ele precisa estar à altura. Então, vamos dar um *up* no noivo também?

Existem muitas opções de trajes para noivos, desde os tradicionais até os mais modernos. É importante experimentar todos, sentir-se bem e reconhecer-se como noivo. Imagine-se como ficará nas fotos. Aproveite o momento. Leve alguém para o ajudar nessa tarefa, pode até mesmo ser a própria noiva, a mãe ou alguém especial para você. Prove cores e gravatas, prove também os sapatos.

Quanto à cor do traje, temos algumas sugestões. Se o casamento for pela manhã, as cores poderão ser bege, azul-claro e cinza claro; se o casamento for à tarde, as cores poderão ser em tons de azul e cinza; e, se o casamento for à noite, as cores poderão ser azul-marinho, cinza-grafite e preto.

Torne o momento ainda mais especial. Muitos noivos optam por abotoaduras de família (pai, avô). As abotoaduras são muito elegantes e podem ser encontradas em diversos estilos. Além do mais, o noivo também precisa se destacar dos demais convidados, tanto no traje quanto nos detalhes.

Lembre-se de fazer todos os ajustes necessários, e também é importante sempre provar o traje completo antes de retirá-lo da loja. Por fim, deixe seus pertences pessoais, tais como documentos e celular, com algum familiar ou com a cerimonialista, mas não os deixe no bolso da vestimenta de casamento. Se precisar do celular para os votos, peça que a cerimonialista lhe entregue nesse momento ou opte pelo tradicional papel.

5.8 Serviço de montagem coreográfica

Uma atração à parte em muitos casamentos é a primeira dança do casal. E, às vezes, umas aulas de dança poderão deixar o momento ainda mais especial. Mas, se o casal pretende uma dança mais elaborada, o serviço de montagem coreográfica pode ser uma boa opção.

No último ensaio, procure levar a anágua do vestido de noiva, assim você já terá uma noção de como será a dança com o vestido. Há noivos que costumam ensaiar olhando para os pés do parceiro e, quando chega a hora de dançar com o vestido, não enxergam o pé da noiva, por isso ficam nervosos e propensos ao erro.

Sugere-se ainda que, se possível, no último ensaio os noivos usem os calçados que vão usar no dia do casamento e que o ensaio final seja no local do casamento. Assim, será possível testar o calçado e verificar como é o assoalho do salão; caso for necessário, haverá tempo hábil para uma possível adaptação.

Quanto ao serviço de montagem coreográfica, financeiramente falando, verifique o custo de aulas extras para o ensaio da coreografia. Pois, caso os noivos não estejam seguros no fim das aulas, poderão precisar de aula extra. Verifique também a possibilidade de reagendar aulas perdidas e se isso gerará um custo.

5.9 Salão de festas

De escolhas é feito um casamento, e o salão de festas é mais uma dessas escolhas que precisam de muita atenção. Existem opções de vários estilos e tamanhos. Alguns com serviço de buffet e decoração inclusos. Pesquisar e conhecer são as palavras que definem essa escolha.

Fique atento ao limite de horário do uso do salão e qual o valor extra se ultrapassar o limite de horário. Atente também ao horário para esvaziar o salão e o valor da multa por atraso. Verifique se precisará pagar a taxa Ecad (direitos autorais) ou se o local paga a taxa anualmente, se o contrato prevê gerador de energia ou se é necessário contratar à parte, se o contrato prevê segurança, e se há valor de multas ou despesas extras, caso haja dano ao patrimônio envolvido.

5.10 Espaço de beleza para a noiva

Quanto ao espaço de beleza/cabeleireira/maquiadora, informe-se, busque a opinião de clientes, pois no dia você quer se sentir linda. Faça o teste de maquiagem e de cabelo e, se precisar repeti-lo, repita-o. Ao contratar, verifique o valor da prova de maquiagem e/ou cabelo extra.

O ideal é contratar um profissional, que saberá o que combina com você e seu tom de pele, além do estilo de casamento e horário. Faça você mesma apenas se tiver muito segura para isso.

Optar por parentes e amigos para fazer cabelo e maquiagem é um risco, pois a pessoa também é convidada para o casamento e poderá preocupar-se com outras atividades, como fazer a sua própria maquiagem e não focar em atender a noiva. Já se optar em contratar uma profissional, a mesma estará disponível exclusivamente para atender a noiva.

Vale lembrar que você poderá lidar com situações não planejadas, por isso leve um kit de costura com linhas na cor do seu vestido, da sua mãe, da sogra e das madrinhas.

5.11 Decoração

Pesquise qual a empresa de decoração se encaixa ao perfil do seu casamento. Escolher o estilo do casamento ajudará muito. Muitos decoradores trabalham com todos os estilos de casamento, mas alguns podem se especializar em um determinado estilo. O ideal é que essas coisas sejam conversadas e decididas antes de assinar o contrato.

Você pode escolher flores naturais ou artificiais. Uma vantagem das flores naturais é que no fim da festa seus convidados podem levá-las para a casa como uma lembrança do casamento. Procure sempre verificar as flores da estação, pois elas costumam ter preços mais acessíveis.

As flores podem elevar os custos financeiros da decoração; por isso, uma dica é investir em flores mistas: nesse caso, os noivos escolherão uma flor principal para os arranjos, misturando-as com outras flores financeiramente mais acessíveis.

Geralmente, um dos itens decorativos que são o auge da recepção do casamento é a mesa dos doces, por isso capriche na decoração. Afinal será nesse espaço que muitos convidados vão fazer lindas fotos. Ainda, as tradicionais fotos dos noivos com os convidados podem ser feitas próximo à mesa dos doces.

Ademais, existem muitos itens que podem somar na decoração do casamento e podem ser feitos pelos noivos, por exemplo, porta-retratos — você pode optar por fotos do ensaio de casal, fotos da família, fotos de infância —, atraindo a curiosidade dos convidados ou como uma lembrança para pais, avós e padrinhos.

Outro exemplo de decoração no estilo "faça você mesmo" são os banners, geralmente com fotos do ensaio de casal. Essas fotos podem, além de decorar a festa de casamento, decorar a casa do casal. Ainda, almofadas personalizadas nas cores da decoração são um detalhe muito bonito, podendo incluir a identidade visual ou o brasão usado no convite.

Porta-guardanapo e lembrancinhas também podem ser feitos pelo casal; pode-se ainda optar por convidar as madrinhas para essa tarefa e, assim, fazer dessa atividade um momento de descontração e boas recordações.

5.12 Foto e filmagem: do pré-wedding ao pós-casamento

Todos os fornecedores de casamento são importantes para a realização do sonho do casal e para proporcionar uma cerimônia linda e uma festa animada. No futuro, os noivos poderão rever com alegria as boas lembranças nas fotos e nas filmagens.

Tanto a foto quanto a filmagem são arte, e existem inúmeros profissionais e estilos. A principal dica é: pesquise e informe-se. Busque conhecer todos os estilos e um serviço com o qual o casal se identifique.

Existe uma variedade de serviços de fotografia, filmagem e produtos que poderão ser entregues após a realização do casamento. Obviamente, quanto mais serviços e produtos, maior será o valor financeiro no orçamento. No entanto, os noivos decidem se contratarão ou não algum serviço. Porém, recomendamos a contratação do serviço de foto e filmagem, mesmo que seja apenas para a cerimônia do casamento.

Fique atento aos serviços da moda, pois talvez o casal nem se identifique com determinados serviços; e, se for o caso, não o faça só porque muitas pessoas fazem, seja autêntico, contrate somente o que for importante para vocês.

Anote tudo o que for fundamental para vocês e entregue a cada um dos fornecedores. No caso de fotografia, observe alguns pontos relevantes: (1) capturar as fotos da melhor forma possível, mas sem atrapalhar, constranger e influenciar na cerimônia religiosa; (2) fotografar a decoração, as lembrancinhas e a mesa de doces; (3) fotografar o buffet; (4) fotografar serviços contratados; e (5) fotografar os convidados.

Inclui-se como serviços de fotografia e filmagem:

Ensaio externo (pré-casamento/pré-*wedding*).

Making-of (noiva/noivo).

Cobertura fotográfica da cerimônia e recepção.

Sessão "casados" (ensaio após a cerimônia).

Trash the dress.

Tratamento de luz e cor (principalmente nas fotografias).

Clipes (filmagem).

Há ainda opções de produtos disponibilizados pelos profissionais de fotografia e filmagem, tais como:

Mídia digital (foto e filmagem).

Estojo (foto e filmagem).

Álbum (foto).

5.12.1 Dicas para a contratação de foto e filmagem

Há uma série de itens que devem ser observados pelo casal ao contratar os serviços de foto e filmagem. Seguem dicas:

Datas: fique atento às datas. Alguns profissionais não fazem ensaios em feriados nem em fins de semana, pois geralmente estão contratados em eventos.

Programe-se: agende os ensaios com antecedência, principalmente o ensaio pré-casamento, caso deseje usar as fotos no dia do casamento. Se o ensaio for externo, dependerá também do clima e da época do ano, de chuva ou sol; por isso, se agendar com antecedência e o dia não for bom, verifique a possibilidade de reagendar.

Acessórios: converse com os profissionais sobre o estilo deles quanto a acessórios. Alguns acreditam que, quanto mais acessórios, melhor. Outros preferem só o casal e poucas trocas de roupa.

Maquiagem: capriche na *make* e no visual da noiva e não esqueça que o noivo também pode fazer *make*.

Paz: não façam os ensaios estressados; se necessário, reagende.

Liberdade: use a imaginação!

Roupas: escolha as roupas que fazem você sentir-se bem. As orientações de profissionais podem não refletir o seu estilo.

Orçamento: fique atento ao orçamento financeira; invista quanto foi planejado. Alguns serviços são apenas modismo.

Profissionais e câmeras: verifique o número de profissionais para executar o serviço, principalmente no dia do casamento. Verifique também o número de câmeras disponíveis.

Tempo de serviço: confirme por quanto tempo os profissionais permanecerão na festa. Evite profissionais que trabalham por hora.

Tempo do filme: verifique o tempo de filme que os profissionais vão entregar. Hoje já não se entrega o filme de toda a cerimônia e festa, mas apenas os melhores momentos. Geralmente a duração do filme é de 30 a 40 minutos. Se desejar o casamento na íntegra, converse com o profissional.

Qualidade: confirme a qualidade do filme e da fotografia (entrega em alta resolução).

Prazos: verifique quanto tempo levará para que o filme e as fotos sejam entregues após o casamento.

Incidente com o profissional: certifique-se de que a empresa tenha um plano B, caso algum incidente ocorra com o profissional contratado.

Contrate com antecedência: bons profissionais têm a agenda cheia. Além do mais, contratando com antecedência, haverá tempo hábil, caso necessite reagendar os ensaios.

Verifique a reputação da empresa: hoje é mais fácil verificar a reputação da empresa, pois existem sites próprios para isso.

Atenção: sempre que possível, contrate empresas especializadas. Sempre há um conhecido da família e dos amigos que sabe fotografar, filmar ou executar outros serviços, como DJ. Mas não é recomendado optar por conhecidos, especialmente se não forem profissionais da área. A negociação fica complicada, a cobrança pós-serviço também. A qualidade pode não ser a esperada. Além do mais, empresas têm plano B, caso haja algum problema com o profissional contratado. Já, se for um amigo que se prontificou para fazer o serviço e no dia acontecer algum imprevisto e ele não puder estar presente, os noivos poderão ficar sem o registro do tão sonhado dia.

Sugerimos ainda que, sempre que possível, os noivos agendem reuniões pessoalmente ou por videochamada para verificar se há empatia pelo profissional, pois este estará com vocês o tempo todo durante o dia do casamento. Uma pessoa agradável e simpática vai facilitar a comunicação durante o casamento.

Quando encontrarem os profissionais, tirem todas as dúvidas. Nesse momento nada é óbvio, então aproveite para perguntar. Alguns exemplos de questionamentos: você trabalha por hora? Quantos profissionais compõem a equipe fotográfica e de filmagem durante os casamentos? Quantas fotografias compõem o pacote orçado? As fotografias serão tratadas com algum software? Qual o prazo de entrega? Meu casamento será filmado na íntegra ou somente os melhores momentos (muitos noivos são surpreendidos quando recebem apenas o vídeo dos melhores momentos)?

Vamos receber algum material extra para postar em redes sociais? Ademais, certifique-se de que tudo o que vocês desejam estará discriminado no contrato.

Sugere-se também que os noivos façam o ensaio pré-casamento, preferencialmente com o mesmo fotógrafo profissional do dia do casamento, pois, além de esse ensaio render lindas fotos que podem ser usadas na decoração da festa do casamento, como banner ou quadro, pode trazer uma maior afinidade entre o casal e a equipe de fotografia e filmagem no dia do casamento.

Sabe aquelas fotos que você salvou na pastinha de inspirações no seu computador? Aquelas que você sempre sonhou em fazer? Agora é a hora de mostrá-las para a equipe de foto e filmagem e para a sua cerimonialista, sejam fotos do casal, sejam fotos com familiares e amigos. Aproveite o casamento e faça aquela foto de família com seus pais e irmãos, em que estarão todos tão bem-arrumados (essa foto pode virar um quadro lindo para eles); aquela foto com as suas madrinhas ou amigas; a foto com os avós; aquela foto do brinde; a foto na saída da igreja com o seu cônjuge. Muitas vezes os fornecedores não sabem o que é importante para o casal e quem são as pessoas importantes para o casal, além, obviamente, da família mais próxima. Então, deixe tudo alinhado para que nada que seja importante para vocês passe despercebido.

5.13 Bolo de casamento

Muitas pessoas gostam de bolo de casamento, entretanto ter bolo não é uma regra. Hoje em dia existem várias opções de bolos. Muitos noivos optam por bolo cenográfico (por exemplo, bolo de pasta americana e isopor), que fica exposto durante todo o evento; e o bolo de corte (bolo que será cortado diretamente na copa e será servido para os convidados).

Quanto ao cálculo da proporção de bolo por convidado, orienta-se, geralmente, de 80 a 100 gramas por convidado, porém, se não tiver outros doces, o ideal é aumentar a quantidade do bolo.

Muitos casais solicitam um minibolo (réplica) para congelar e comer nas bodas de um ano do casamento. A ideia é interessante, contudo, lembrem-se de tomar cuidado com o armazenamento do bolo, para que não haja contaminação alimentar.

Como mencionado, ter bolo de casamento não é regra. Mas há noivos que optam por não fazer o bolo pelo porque não consomem bolo ao serem convidados a outros casamentos, e nesse caso estão sujeitos a ouvir críticas de alguns de seus convidados. O casamento é dos noivos, mas lembramos que os convidados são pessoas importantes para vocês e se dispuseram a estar presentes, por isso é importante pensar no todo.

O bolo faz parte da cenografia da decoração, por isso ele precisa estar alinhado com cada detalhe da decoração. Uma dica é mostrar para sua decoradora o modelo de bolo que vocês gostariam de adquirir, assim ela poderá ajudar na escolha. Lembrando que, se a mesa de doces for grande, é importante um bolo à altura. Bolos de quatro a cinco andares valorizam a decoração do seu evento, pois cada detalhe soma no resultado.

E se sobrar bolo? É elegante preparar uma parte do bolo e doces para os pais dos noivos, pois eles, assim como os noivos/filhos, geralmente estão eufóricos e emocionados com o enlace matrimonial, por isso muitas vezes não conseguem aproveitar e saborear as delícias apresentadas no casamento. Imagine que gostoso seus pais, no dia seguinte, tomando aquele cafezinho, cheio de saudades, e saboreando o bolo e os doces do casamento do(a) filho(a). São esses detalhes e cuidados que fazem a diferença e expressam amor e gratidão por eles.

Ainda, verifique com a empresa responsável pelo bolo sobre o suporte — se já está incluso e se está alinhado com as cores e estilo da decoração —; verifique com a sua decoradora qual é a melhor opção de suporte. E, por fim, procure provar o bolo com o sabor escolhido para o seu casamento.

Agora vamos pensar no seu casamento!

Após conhecer diversos serviços e fornecedores de casamento, as prioridades do casal continuam as mesmas? Se as prioridades mudaram, quais as prioridades no momento?

_____
_____
_____
_____

Sobre a gastronomia, o que você imagina sendo servido em seu casamento? Há convidados com restrições alimentares? Quais restrições alimentares?

_____
_____
_____
_____
_____

Quanto à papelaria, o que gostaria que tivesse em seu casamento? Assinale os itens que você considera fundamental; posteriormente, apresente-os a sua cerimonialista.

Convite de noivado.

Convite personalizado para padrinhos.

Convite para o chá de panela.

Convite para a despedida de solteiro.

Lágrimas de alegria.

Convite de casamento.

Save the date.

Menu personalizado.

Lembrancinhas de casamento.
Outros: _____.
Como você, noiva, imagina o seu traje de casamento?

_____
_____
_____
_____
_____
_____

Como você, noivo, imagina o seu traje de casamento?

_____
_____
_____
_____
_____
_____

Já criou a sua *playlist* do casamento? Se não, é hora de criar. Talvez você não tenha em mente quais músicas quer ouvir tocar para cada momento, entretanto os músicos contratados poderão o auxiliar com base no repertório deles. Mas sempre há aquelas músicas que a gente imagina tocando no grande dia, então faça a sua *playlist* de casamento e apresente-a para os músicos contratados ao seu casamento.

_____
_____
_____
_____
_____
_____

Quadro 3 – Controle de bebidas

Bebidas	Entregue	Consumidas	Fechadas	Observações
Coquetéis				
Cerveja/Chope				
Uísque				
Vodca				
Espumante				
Vinho				
Energético				
Água				
Refrigerante				
Suco				
Outras bebidas				
Gelo para bebidas quentes				
Gelos em escamas (para baldes)				
Conservadoras para gelo				

Fonte: as autoras

Compartilhe momentos especiais com pessoas especiais.

6

A ESCOLHA DE CONVIDADOS, PADRINHOS, DAMAS E PAJENS

Se decidir quais serão seus convidados pode se tornar uma tarefa muito difícil, imagine os decidir os padrinhos. Durante a escolha dos padrinhos, muitas dúvidas podem surgir, tais como: quem serão os padrinhos? Precisa ser parente? Precisa ser amigo? Posso escolher a roupa ou a paleta de cores? Como faço o convite? Precisa dar presente para os padrinhos? Mando manual de padrinhos? E das damas e pajens, posso escolher as roupas? Damas e pajens precisam ser crianças? Há uma série de coisas para pensar, e vamos ver muitas dessas coisas. Mas, acima de tudo, façam as suas escolhas com amor.

6.1 A lista de convidados

Faça uma lista de convidados prioritários com aquelas pessoas que são essenciais para você. Esse número deverá ser a base para a tomada de decisão em relação ao estilo de casamento e ao orçamento.

Se perceber que, no estilo e no orçamento, é possível convidar mais pessoas, faça uma segunda lista com todas as pessoas que gostaria de convidar. A soma de convidados das duas listas gerará um número que servirá de base para a confecção de convites e o fechamento dos contratos.

O número de convidados próximo ao número de pessoas presentes você só obterá após a confirmação de presença. E o número exato de pessoas presentes você só obterá no dia do casamento.

E se algumas pessoas dessa lista não puderem estar presentes? Primeiramente, lembre-se: estará no seu casamento quem deve estar. E, no caso de alguns convidados não comparecerem, sugere-se fazer uma terceira lista de convidados com aquelas pessoas que vocês gostariam de convidar, mas que, pelo estilo ou orçamento, não foi possível até o momento.

Se precisar fazer uma terceira lista de convidados, tome alguns cuidados: ao confeccionar os convites, já considere a terceira lista; convites extras podem custar até o dobro; evite enviar convites dias antes do casamento — é deselegante; além de o convidado ter pouco tempo para se organizar, ficará evidente que ele não era prioridade.

Mas, se tiver de convidar numa data muito próxima ao casamento, seja honesto, diga que você gostaria de convidar, mas o orçamento não permitia e, como algumas pessoas não confirmaram, então agora você pode convidá-lo.

No fim deste capítulo, há um quadro disponibilizado para a lista de convidados do casamento. Utilize esse quadro oficialmente ou use-o como modelo, se preferir fazer uma planilha eletrônica.

6.2 Madrinhas e padrinhos: a escolha

Escolha os padrinhos por afinidade: são pessoas que estarão sempre ao lado de vocês. Alguns casais convidam padrinhos por questão de presente, mas será que isso vale a pena? O casamento é um dia tão especial, em que o que realmente importa é estar cercado de pessoas que torcem pela felicidade de vocês.

Os padrinhos não precisam ser parentes; podem ser amigos, mas prefiram pessoas importantes para vocês. O convite para padrinhos pode ser feito de uma forma especial, com modelos diferentes. Existem inúmeras opções de convite para padrinhos e madrinhas, tais como caixinha com presentes, como gravata, bebida, chocolate, joias.

Esse convite pode ser acompanhado do manual de padrinhos, com instruções para o grande dia. No convite é possível também, como já mencionado, dar um presente aos padrinhos ou uma lembrancinha especial na festa, entretanto não é obrigatório.

6.3 Madrinhas e padrinhos: a roupa

Os noivos podem deixar os padrinhos e as madrinhas livres para a escolha dos trajes; podem impor algumas pequenas regras (vestido longo, traje social); ou ainda escolher os trajes (modelo e cor ou modelo ou cor) dos padrinhos.

Nos Estados Unidos, virou tendência que os noivos escolham as roupas dos padrinhos e, geralmente, paguem os custos dessa escolha. Essa tendência veio para o Brasil, porém os noivos não costumam pagar os custos, apenas fazem as exigências, o que, muitas vezes, pode gerar conflitos.

É verdade que as fotos da noiva com as madrinhas em trajes combinados são lindas, entretanto é necessário pensar se o desconforto de algumas madrinhas compensa a beleza das fotos.

Quando os noivos escolhem a paleta de cores dos padrinhos e madrinhas, correm o risco de alguns deles não gostarem, principalmente as madrinhas, e, assim, usarem a paleta de cores a contragosto.

Além do mais, deve-se pensar nos custos: os noivos vão pagar por isso? Ou quem vai pagar serão os padrinhos?

Muitas vezes, mandar fazer o traje tem um custo mais elevado. E, se optarem por aluguel, terão um trabalho exaustivo para encontrar um traje no modelo e na cor da preferência dos noivos.

6.4 Madrinhas e padrinhos: o convite

Muitos noivos gostam de fazer o convite de casamento para as suas madrinhas e seus padrinhos de forma especial. Hoje existem várias opções para presentear as madrinhas e os padrinhos, por isso seguem algumas sugestões: kit com sabonete; kit com bebida alcoólica e taça ou copo; caneca personalizada; lembrancinhas comestíveis; entre outras opções.

Lembrando que seus padrinhos de casamento são especiais, por isso faça com que se sintam valorizados e próximos de vocês nesse momento. O valor do presente não é o mais importante, e sim o carinho no momento do convite. Ainda, após o casamento, busque manter contato com os padrinhos, envie mensagem, agende um encontro. Eles sempre serão os seus padrinhos.

6.5 A padrinhos e madrinhas

Se você foi convidado para ser madrinha ou padrinho, saiba que você provavelmente é uma pessoa muito especial para os noivos. Portanto, sonhe com o casal, ajude com ideias, honre fazer parte desse momento.

Ser padrinho e madrinha de um casamento é para sempre, por isso, se no futuro houver um momento em que esse casal estiver passando por dificuldades, seja um apoio, lembre-os do dia do casamento e do amor que os uniu.

6.6 Chás: panela e/ou lingerie

O chá de panela ou o chá de lingerie é um ótimo momento para o envolvimento das madrinhas. Além de ser uma despesa e um trabalho a menos para a noiva, é também um momento de descontração. As brincadeiras podem ser muito divertidas e propiciar momentos de muita alegria.

É interessante que a noiva avise as madrinhas de que ela gostaria de fazer chá de panela e/ou lingerie, pedindo, se for o caso, a colaboração das madrinhas.

Há algumas dúvidas que as noivas com frequência perguntam a sua cerimonialista. Primeiramente, podem convidar para o chá de panela e não convidar para o casamento? Se você não vai convidar para o casamento, não é elegante convidar para o chá de panela. Se você convidar alguém para o chá de panela, esse alguém vai criar a expectativa de que será convidado para o casamento.

Tome cuidado com as brincadeiras que vai fazer no chá. Brincadeiras muito apimentadas podem ser constrangedoras. Existem muitas brincadeiras legais para o momento, busque envolver seus convidados, confraternizar.

Quanto aos presentes, o ideal é fazer uma lista em alguma loja ou local da sua preferência; assim, evitam-se presentes repetidos ou que nunca serão usados. O mesmo serve para os presentes de casamento.

Existem muitos noivos que também estão realizando o chá do noivo, geralmente em uma barbearia. Muitas barbearias estão preparadas para esse momento e equipadas com mesa de sinuca, videogame e bebidas.

O Quadro 4 apresenta sugestões de presentes para o chá de panela.

Quadro 4 – Sugestões de presentes

Forma de pizza	Formas para bolo	Forma para gelo	Porta-talheres	Galheteiro
Faca de pão	Faca para carne	Frigideiras	Porta-temperos	Garrafa térmica
Escumadeira	Espremedor de alho	Espremedor de batatas	Potes para mantimento	Espremedor de frutas
Desentupidor de pia	Escorredor de arroz	Escorredor de macarrão	Prato para bolo	Escorredor de louça
Cortador de pizza	Copos	Descanso de panelas	Presilhas para fechar pacotes	Descascador de legumes
Cesta de pão	Colher para sorvete	Colher de pau	Ralador	Concha
Avental	Bandeja	Batedor de carne	Talheres	Batedor de ovos
Abridor de latas	Abridor de garrafas	Açucareiro	Cabides	Assadeiras
Funil	Jarra de vidro	Jarra para suco	Porta-sal	Jogo americano
Leiteira	Lixeira para pia	Luva térmica	Porta-detergente	Martelo de carne
Pá para bolo	Paliteiro e saleiro	Panos de prato	Porta-papel-toalha	Pegador de macarrão
Pegador de salada	Peneira	Porta-guardanapo	Porta-óleo	Porta-leite

Fonte: as autoras

6.7 Despedida de solteira e de solteiro

A despedida de solteira ou solteiro é mais um momento para curtir com os padrinhos e os amigos. Geralmente, acontece na casa de um amigo ou em uma casa de show ou balada. Entretanto, para que o momento possa ser lembrado apenas de forma positiva, vale a pena tomar alguns cuidados.

Beba com moderação e festeje com bom senso. Evite a semana do casamento para esse momento, pois, na semana do casamento, já haverá muitas coisas para resolver.

6.8 Damas e pajens: a escolha

Todos amam ver a entrada das damas, dos pajens e das floristas no casamento, pois a emoção enche o coração dos noivos e convidados de amor e alegria. Por isso, no momento da escolha de damas, pajens e floristas, vale a mesma dica sugerida para os convidados a padrinho: escolha crianças com as quais os noivos tenham afinidade.

Aliás, muitos noivos estão optando por adultos para esses momentos, e também é lindo: por exemplo, a irmã da noiva como dama ou os avós levando as alianças. Há quem opte até mesmo por pets para a entrada das alianças, mas, para isso, o casamento não poderá ser na igreja.

Para o convite, assim como para as madrinhas e os padrinhos, os noivos poderão criar um convite criativo e tornar o momento ainda mais especial. Se o convite for para crianças, seguem algumas dicas de presentes: camiseta personalizada; lembrancinhas comestíveis: doces, como chocolates, pirulitos (nesse caso, pergunte aos pais se podem dar doces para as crianças); material escolar: lápis de cor, papéis para colorir, massinha de modelar; gravata para usar com o terno; brinquedo de pelúcia; quebra-cabeças e jogos recreativos.

Se o convite a damas, pajens e floristas for para adultos, os convites podem ser semelhantes aos convites de padrinhos e madrinhas.

Muitos noivos ficam com dúvidas sobre quem deverá pagar o traje de damas e pajens, mas hoje já não há uma regra para isso.

Depende de cada situação. Uma dica é negociar como brinde o traje das damas e dos pajens ao fechar o traje dos noivos.

Seguem algumas sugestões de como as damas e os pajens poderão realizar a entrada:

Espalhando pétalas de flores pelo chão.

Levando as alianças.

Carregando plaquinhas com dizeres como *Lá vem a noiva* e *Enfim, casados*.

Distribuindo saquinhos de arroz e lágrimas de alegria aos convidados.

Carregando a Bíblia.

Carregando a santa de devoção do casal.

Segurando balões.

Soltando bolas de sabão.

Segurando buquê de marshmallow, entre outras.

Agora vamos pensar no seu casamento!

Chegou o momento de criar a lista de convidados de casamento. Utilize o Quadro 5 ou crie o seu quadro em uma planilha eletrônica.

Quadro 5 – Convidados de casamento

Nome	Telefone	E-mail	Endereço	Convidado Noiva/Noivo	Confirmação (Sim/Não)

Fonte: as autoras

Já pensou em quantas madrinhas e em quantos padrinhos terão? Qual a lista de convidados para madrinhas e padrinhos?

_____
_____
_____
_____
_____

É tão linda a entrada de crianças na cerimônia, mas igualmente lindo quando irmãos, avós ou pessoas importantes para o casal são damas, pajens ou entram com a aliança. Quais as suas escolhas em relação a damas, pajens, floristas e entrada da aliança?

_____
_____
_____
_____
_____
_____
_____
_____

Pensa em fazer chá de panela, chá-bar, despedida de solteiro ou alguma outra festa para reunir os amigos e familiares antes do casamento? Como imagina que será? Qual local?

_____
_____
_____
_____
_____
_____

Um dia para rir... emocionar-se... encantar-se!

7

CASAMENTO PASSO A PASSO: DO CORTEJO À RECEPÇÃO

É comum os noivos ouvirem *O dia do casamento é para relaxar e curtir*. Mas o que de fato acontece? Os noivos, assim que abrem os olhos pela manhã, já pensam: É *hoje*. Esse pensamento geralmente vem acompanhado de coração acelerado, emoção e lágrimas. Por isso, uma primeira dica para o grande dia é... já deixe programado para seu(sua) noivo(a) receber um presente logo pela manhã: isto pode acalmar os corações ansiosos.

Foque em se arrumar, comer bem, ficar linda(o), e tenha em mente apenas que hoje você vai se casar e que tudo vai dar certo. Se você é uma pessoa bem organizada, vai acordar sem precisar estar preocupada com a tomada de decisões. Sua cerimonialista pode lhe mandar fotos da decoração. Seus convidados de outras cidades já estão chegando, e alguns até já chegaram no dia anterior.

E se de repente o telefone tocar? E se do nada você perceber que precisa tomar uma grande decisão? Acalme-se! Não temos controle sobre tudo e sobre todos. Mas isso é normal. Tudo bem se você precisar tomar uma grande decisão: pense com calma e decida.

O que pode acontecer no grande dia? Na vida, sempre pode haver imprevistos, mas vamos a algumas coisas que podem acontecer e que você poderia ter evitado. Lembre-se, no entanto, de que nem tudo está ao seu alcance. Seguem dicas:

Chuva: segundo ditados populares, chuva no dia do casamento significa sorte. Porém, alguns noivos se programam para um casamento a céu aberto e não contam com um plano B. Por isso, se o seu casamento for a céu aberto, programe-se para a possibilidade de chuva.

Damas, pajens, floristas: se você optou por crianças para serem pajens, damas, floristas ou entrada da aliança, existe um risco de um deles ou todos desistirem de entrar. Isso é muito comum.

Convidados atrasados: sugere-se que os noivos passem a localização aos convidados com a maior riqueza de detalhes possível. Disponibilizem contatos de hotel, táxis, previsão do trajeto, mapas, entre outros. Alguns noivos optam por colocar no convite o horário da cerimônia para começar 15 minutos antes do programado.

Atraso dos noivos por excesso de trânsito: sugere-se que os noivos percorram o mesmo caminho e no mesmo horário pelo menos duas vezes antes do casamento para ter certeza de como será. Se você não vai se casar na sua cidade, pelo menos faça uma previsão via aplicativo e no mesmo horário em que o casamento acontecerá. Atraso da noiva sempre foi tido como algo normal, mas hoje é deselegante; além do mais, muitas igrejas adotaram a multa por atraso, por isso evite atraso.

Mudanças no cortejo de entrada: tenha a mente preparada para a possibilidade de haver mudanças no cortejo, pois alguém pode não estar bem no dia do casamento ou alguém pode desistir de entrar (principalmente crianças). Mas não se preocupe: o seu casamento vai ficar lindo.

Falta de energia elétrica: um gerador resolve isso, então contrate esse equipamento. Funciona como um seguro: ninguém quer usar, mas vale a pena contratar.

O penteado e a maquiagem não ficaram como você queria: é frustrante quando isso acontece, mas, para diminuir as chances de que isso aconteça, faça o teste da maquiagem e do penteado, uma ou duas vezes se precisar. Se mesmo assim não ficar idêntico ao penteado que você imaginava, lembre-se que só você sabe disso: todos vão achá-la linda.

Trajes dos noivos e pessoas próximas: prove o traje na semana do casamento. Previna-se para possíveis acidentes com o traje, pois é bastante comum de acontecer. Já compre linhas na mesma cor do vestido e leve com você. Aconselhe pessoas próximas a fazerem o mesmo.

Existem muitas outras histórias de noivos que precisam tomar decisões no dia do casamento. Então, enfrente a situação, resolva os problemas e siga. Vai dar tudo certo, e, se alguns detalhes saírem do seu controle, tenha em mente que vai ser melhor do que o planejado. Às vezes, um imprevisto aparentemente ruim pode trazer coisas boas. Pode propiciar que pessoas interajam de uma maneira diferente. Então, confie nisto: tudo tem um propósito e tudo dará certo!

7.1 Detalhes da cerimônia de casamento

Vamos falar sobre a organização na cerimônia do casamento de uma forma geral, lembrando que esta é mais uma sugestão de roteiro. A cerimônia poderá ser totalmente ou parcialmente diferente, dependendo da religião, do culto, do celebrante, da cultura, dos noivos, entre outros fatores.

Alguns detalhes serão verificados pela sua cerimonialista, então você não precisa se preocupar com isso. Porém, para o conhecimento dos noivos, vamos mencioná-los.

Uma hora antes da cerimônia, a cerimonialista deverá revisar microfones do celebrante, água, som. Se o casal optar pelas lágrimas de alegria (lenços), nesse momento eles deverão ser colocados nos bancos. A cerimonialista também fará a conferência da documentação junto ao celebrante e, por fim, a conferência das músicas do cortejo com os músicos.

Trinta minutos antes da cerimônia, os detalhes do cortejo deverão ser conferidos. Deve-se conferir se todos que participarão do cortejo já estão presentes no local. A cerimonialista deve supervisionar a chegada da noiva e prover os devidos cuidados para que não seja vista pelo noivo e pelos convidados antecipadamente.

Dez minutos antes, o fundo musical já deverá ser iniciado para que os convidados possam ser acomodados. E o cortejo de entrada já deverá ser organizado.

Hoje, não existe uma ordem de cortejo, pois pode variar conforme a religião, a cultura ou a critério dos noivos. Entretanto, vamos deixar uma sugestão de cortejo. A seguir temos algumas observações sobre essa ordem:

Entrada dos padrinhos.

Entrada dos pais (mãe da noiva e pai do noivo).

Entrada do noivo e sua mãe.

Entrada de damas e pajens.

Entrada da florista.

Entrada da noiva e seu pai.

Entrada das alianças.

Se o casamento for em um templo, com um líder religioso, é importante consultar/avisar com antecedência o celebrante sobre o cortejo. Além disso, sempre que optar por fazer alguma alteração, avise o celebrante. Se o casamento não for em um templo, o cortejo poderá ficar mais flexível, conforme a necessidade e a critério dos noivos.

Outra dúvida frequente é sobre o número de padrinhos. Não existe uma regra para isso, porém o uso do bom senso é recomendado nesse momento. Leve em consideração no momento da escolha o tamanho do local onde será o casamento (pode ficar estranho se boa parte do local for ocupado por padrinhos); leve em consideração, ainda, o tempo (quanto maior número de padrinhos, mais alonga-se o cortejo de entrada).

Outra questão sobre o cortejo de entrada refere-se às crianças. Como já mencionamos, se os noivos optaram por colocar crianças na entrada, saiba que elas podem desistir de entrar até momentos antes. Porém, é importante que não sejam forçadas a entrar: respeite sempre.

Após a entrada de todos, é o momento da acolhida do celebrante. E, de agora em diante, tudo fica por conta do celebrante. Ainda, o celebrante avisará quando for o momento da entrada das alianças. E mais uma vez, se for criança, há um risco de ela não querer entrar. Então, tenha um plano B. Após a finalização da cerimônia, são feitas as assinaturas no altar e algumas fotos. Logo em seguida, o cortejo de saída.

O cortejo de saída acontece geralmente na seguinte ordem:

Saída dos padrinhos.

Saída dos pais (pais da noiva e pais do noivo).

Saída das damas e dos pajens.

Saída dos noivos.

O cortejo de saída nessa ordem permite que, quando os noivos saírem, os padrinhos e os pais já estejam na saída os esperando para a tradicional chuva de arroz/bolinha de sabão/balão. Entretanto, vale salientar que essa é uma sugestão de cortejo de saída; é possível os noivos alterarem essa sequência.

Outras dúvidas referentes à cerimônia são frequentes e vamos tentar abranger algumas delas.

Como fica o cortejo, se alguns dos pais forem falecidos? A noiva pode entrar sozinha, ou com a sua mãe ou com uma figura masculina pela qual tenha carinho (irmão, avô, tio, primo). Já o noivo, se não puder entrar com a mãe, poderá entrar sozinho ou com uma figura feminina por quem tenha carinho (irmã, avó, tia, prima).

A noiva pode entrar com os pais? Sim, a noiva pode entrar com seu pai e sua mãe. Sempre converse com o seu celebrante, principalmente se o casamento for realizado em algum templo.

A noiva precisa entrar com o seu pai? Como já mencionamos, a noiva pode entrar sozinha, com sua mãe, padrasto, ou alguém importante para ela. Apenas, caso decida sair do tradicional, pense bem antes da tomada de decisão, pois esse momento ficará marcado para sempre.

Os padrinhos precisam entrar em casais? Não. Podem entrar primeiro as mulheres, depois os homens ou o contrário. Assim, não há necessidade de ter o mesmo número de padrinhos e de madrinhas.

Qual o lado da noiva e do noivo na cerimônia? O lado do noivo é o lado direito; o da noiva, o esquerdo. Assim, os padrinhos ficam todos do lado direito; e as madrinhas, do lado esquerdo; ou, caso o casal opte por cada um ter seus padrinhos, os padrinhos do noivo ficam no lado direito e os padrinhos da noiva fica do lado esquerdo.

Como fica o cortejo, se os pais forem divorciados? Para o cortejo de entrada, nada é alterado. Para o cortejo da saída, converse com os pais para saber se eles topam sair juntos; do contrário, eles podem sair com o atual cônjuge ou sair com os demais convidados. Reserve lugares na frente para o atual cônjuge dos seus pais. Para outras dúvidas, consulte um cerimonialista, pois esses profissionais têm experiência suficiente para o orientar.

Quantas damas, pajens e floristas devo ter? Não há regra sobre isso, e você pode escolher quantos quiser. É até recomendado que, se optar por crianças, seja mais que uma, pois, caso a criança desista de entrar, ainda há outras crianças. Dificilmente todas vão desistir, mas pode acontecer. Por isso, como já mencionado, tenha um plano B.

A entrada das alianças precisa ser com crianças? Não. Está cada vez mais usual que os noivos aproveitem a entrada das alianças para homenagear alguém especial, como os avós.

E, por falar em avós, reserve um lugar para eles junto aos seus pais, pois os avós fazem parte da história de vocês, então os valorizem. Em diversos casamentos os avós ficam atrás sem ter nem ao menos a visão da entrada da neta ou do neto. Além disso, caso seus avós precisem de alguma atenção em especial, converse com a equipe do cerimonial, pois esta vai ajudá-los. Aproveite o momento para tirar algumas fotos com os avós.

Parece muita coisa, não é mesmo? Por isso, recomenda-se que seja feito um ensaio da cerimônia na semana do casamento, para que os noivos tenham noção de como são os protocolos. O ensaio também serve para que os noivos conheçam o espaço físico e em qual velocidade devem caminhar até o altar. Além dos noivos, podem participar do ensaio os pais, os pajens e as daminhas.

7.2 Detalhes da recepção de casamento

Preparem-se para um misto de emoções, pois vocês acabaram de se casar. Agora é festa, emoção, comemoração. Então, o peso que sai dos ombros é enorme. Você e seu noivo estão no carro, indo tirar fotos, e vocês olham um para o outro e já não se veem de forma igual... e não são mesmo: agora são marido e mulher.

A emoção é enorme, e tudo bem vocês ficarem muito emocionados por um momento. Mas depois mantenham o foco: é hora de tirar as fotos, ir para a recepção, cumprir com mais alguns protocolos e comemorar!

Mais uma vez, estamos mencionando aqui tudo o que acontecerá no seu casamento. Mas não necessariamente você precisa ter controle de todos esses detalhes; na verdade, o recomendado é que não tenha, sua cerimonialista cuidará de tudo isso por você.

Do templo ou local onde será a sua cerimônia, vocês vão se dirigir ao lugar selecionado para algumas fotos. Escolham um local que seja próximo ao local onde será a cerimônia ou recepção, para que não haja atraso dos noivos no ambiente da recepção/comemoração.

Os convidados, assim que saírem da cerimônia, vão se direcionar ao local da recepção. Eles provavelmente vão se entreter conversando entre si, com parentes e amigos distantes ou próximos. Nesse momento, é bom que já haja comida disponível (entrada) e bebida. Porém, todos esperam pelos noivos, e o jantar geralmente é servido somente depois que os noivos chegam.

Vamos analisar esse contexto pela ótica dos convidados. Independentemente do horário do seu casamento, eles levantaram cedo. Alguns viajaram no dia anterior ou até no mesmo dia. É normal que estejam cansados, mas eles fizeram esse esforço por vocês, porque vocês valem a pena. Passaram boa parte do dia se embelezando, cuidando das crianças, dos idosos, para, enfim, estarem todos preparados, lindos e felizes para o grande momento. Muitos não tiveram tempo nem de se alimentar.

Terminando a cerimônia, até por uma questão de instinto, a prioridade dos convidados é alimentar-se. Acredite, o que mais trará vigor e ânimo aos convidados, além dos recém-casados, será uma boa refeição. Por isso, também é importante ter petiscos e aperitivos disponíveis para degustação antes da refeição principal. Pense em acrescentar ao ambiente da festa algumas distrações para animar os convidados e para que haja confraternização entre eles. Falamos sobre isso com mais detalhes nos capítulos "Fornecedores" e "Detalhes que fazem a diferença".

Existem serviços de animação para deixar a festa mais agradável, bem como alguns serviços que deixam os convidados mais felizes, como cabine de fotografia; mural para recados aos noivos; gravata do noivo; sapato da noiva; buquê — há opções para solteiros(as) e casados(as) —; buquê de fitas; e outras brincadeiras. Se houver crianças no casamento, poder-se-á ainda criar alternativas de interatividade entre as crianças. Então, enquanto o casal está tirando as fotos, na recepção, recomenda-se que os garçons comecem a servir as bebidas e as entradas.

E os noivos? Devem ir direto das fotos para a recepção? Não! Combine com sua cerimonialista, assim que os noivos chegarem ao local da recepção, mas, antes de apresentarem-se aos convidados, podem e devem beber água (não se esqueçam de se hidratar) e provar também das entradinhas. Pois, antes de servirem o jantar a todos os convidados, há ainda vários protocolos a serem cumpridos; e, assim como os convidados, os noivos também necessitam alimentar-se para dar continuidade às atividades programadas.

Agora sim, todos estando bem, segue-se com o roteiro da recepção.

Entrada do casal no salão.

Brinde com pais e padrinhos.

Corte do bolo.

Jantar.

Fotos protocolares.

Dança dos noivos.

Início da balada.

Buquê da noiva.

Brincadeiras do noivo.

O primeiro item do roteiro da recepção é a entrada triunfal do casal. É um momento de muita emoção. Imaginem-se entrando, imaginem as pessoas e planejem. Vale contagem regressiva para a entrada; vale uma música que os noivos amam ou que os represente; vale aumentar o som quando os noivos entrarem (música alegre e agitada vai muito bem); vale entrar pela pista ou pela entrada do salão. Enfim, usem a criatividade.

Posteriormente, temos o brinde coletivo com pais e padrinhos, que é um momento de muito amor e descontração, rendendo lindas imagens. Você pode estar se perguntando: o brinde precisa ser com espumante? A resposta é: não. Isso é muito relativo. Há casamentos com o tradicional espumante, com refrigerante, com tequila e até com cachaça. O importante é comemorar. Os noivos podem sentir-se livres para soltar a imaginação e a criatividade.

E o corte de bolo, é obrigatório? Não. Muitos casais optam por não ter bolo em seu casamento. Vale lembrar que muitos convidados esperam pelo bolo, porém nada é obrigatório na recepção. Tudo deve ser pensado conforme o estilo do casal.

Procure tornar o evento dinâmico, evite horas de espera para algum acontecimento, pois os convidados podem ficar cansados e logo irem embora. Por exemplo, o casal saiu para tirar fotos? Sirva a entrada. Brindaram? Sirva o jantar. E assim sucessivamente.

E a dança do casal? É obrigatória? Como já mencionado anteriormente, na recepção nada é obrigatório, mas é linda e divertida a dança do casal. A dança trará benefícios antes, durante e depois do casamento. Antes do casamento, o casal diverte-se com os ensaios e o planejamento; e, no dia do casamento, será uma atração à parte; ainda, depois do casamento, vocês vão amar ver as fotos e o vídeo.

Para a primeira dança do casal, não há regras atualmente. Tradicionalmente, os noivos optavam (e muitos ainda optam) por uma valsa. Mas também é possível inovar. Começar com uma valsa e terminar com outra música. Dancem a música que preferirem. Façam coreografia. Aliás, vale a pena investir em umas aulas de dança para que tudo saia com mais perfeição. Então, novamente, usem a criatividade.

E o momento de jogar o buquê? Existem várias opções de brincadeiras para jogar o buquê de forma divertida e também para incluir na brincadeira os homens presentes no casamento. Vamos a algumas opções:

Jogar o buquê: noiva de costas, faz suspense e joga o buquê de flores. É possível jogar vários ramos de flores e agradar várias mulheres.

Buquê de palito: um buquê de vários corações de feltro ou de várias imagens de Santo Antônio (a depender da religião) de feltro ou ainda sapinhos de feltro, para que mais mulheres possam pegar o buquê. Há também a opção de buquê de pimentinhas, para as convidadas casadas.

Buquê na caixa: o buquê fica fechado à chave em uma caixa de acrílico. As mulheres escolhem, entre várias chaves, uma e tentam abrir a caixa. A que conseguir abrir fica com o buquê.

Buquê de fitas: várias fitas são amarradas no buquê em uma ponta, e a outra fica com as mulheres solteiras da festa. A noiva, vendada, vai cortando as fitas, e o buquê fica para a última fita que restar.

Noivo joga algo: o noivo pode jogar o buquê, uma bola, uma caixa de uísque. Diferentemente das noivas, que sempre querem pegar o buquê, na brincadeira com os homens geralmente eles o repelem, tornando o momento muito engraçado.

Noivo chuta o balde: o noivo literalmente chuta um balde, e o homem que pegá-lo está livre de casar-se.

Ainda, é possível fazer várias brincadeiras para que as solteiras fiquem com o buquê, como batata quente e bingo.

Há outras brincadeiras que podem ser feitas na festa do casamento. Tudo vai depender do estilo e do humor dos noivos e dos convidados. Uma opção que agrada pessoas de todas as idades é a apresentação de um show de mágica.

Uma boa dica para o momento das brincadeiras é evitar copos de vidro. Solicite ao DJ contratado para anunciar a brincadeira e solicitar que o copo de vidro seja evitado, afinal é para ser divertido e não haver riscos de acontecer um acidente.

Ainda, para que haja interatividade entre os convidados e os noivos, durante o casamento e o pós-casamento, crie uma *hashtag* do casamento. Com isso, o casal pode ter acesso às fotos dos convidados.

Noivos, se for possível, procurem abraçar e agradecer cada convidado, afinal os convidados despenderam de tempo e dinheiro para estarem no casamento. Ouve-se muito as pessoas dizerem *O casamento é seu, faça do seu jeito*; *Não pensem nos outros*; *Faça como quiser*. Sim, o casamento é dos noivos e eles devem fazer tudo do seu jeito, mas já fizemos uma reflexão pela ótica dos convidados e eles também estão dando o melhor deles por vocês. Então, pensar numa forma de dar mais atenção aos convidados é de ótimo tom.

Por fim, haverá muitos protocolos, muitas fotos e cumprimentos, mas procurem se divertir também. Dancem e brinquem com os pais, com os irmãos e com os convidados. Dancem juntos além da dança do casal. Aproveitem: o momento é muito especial para vocês.

Agora vamos pensar no seu casamento!

Hoje é possível inovar e criar entradas e momentos não convencionais para o seu casamento (se for se casar em um templo, fique atento às regras do templo escolhido). Como você imagina a cerimônia do seu casamento? Solte a imaginação (entradas, saídas, momentos) e apresente as suas ideias à cerimonialista contratada.

_____
_____
_____
_____
_____
_____
_____
_____
_____
_____

De detalhes é feita a vida, então invista neles...

8

Detalhes que fazem a diferença

Neste capítulo vamos apresentar diversos detalhes que envolvem um casamento. Esses detalhes poderão estar relacionados aos noivos, à cerimônia ou ainda à recepção de casamento. São itens geralmente dispensáveis, mas que, quando os noivos optam por esses detalhes, fazem toda a diferença. E de que forma esses itens fazem a diferença?

Os detalhes (sejam serviços, sejam acessórios ou produtos) que vamos aqui abordar trazem diversos benefícios ao casamento, tais como: embelezamento, organização, satisfação, elegância, distinção, qualidade, segurança e diversão. Preciso fazer tudo isso no meu casamento? Opte por aqueles detalhes que você acha mais necessário ou que mais agradarão aos noivos e aos convidados.

Ainda, opte pelos detalhes para os quais você dará mais atenção, pois você pode optar por vários desses detalhes, mas pode fazer somente alguns se distinguirem dentre os demais. Por exemplo, você pode optar em ter um buquê planejado, mas acabar organizando o nécessaire da noiva um dia antes do casamento. São escolhas e prioridades. Aqui, apresentaremos diversos detalhes que podem fazer toda a diferença no seu casamento.

8.1 Os buquês

Sobre o buquê da noiva, durante a organização do casamento, procure salvar numa pasta de inspiração os buquês com os quais você se identifica, pois assim ficará mais fácil alinhar qual o modelo ideal para você. Para a escolha do buquê da noiva, deve-se levar em consideração o estilo do casamento, o vestido, a estatura.

E o buquê para jogar às solteiras? Você pode pedir para sua decoradora fazer uma miniatura do seu buquê original para jogar, e o seu você pode guardar ou até mesmo surpreender sua mãe com esse presente. Já imaginou?

E, afinal, quem faz o buquê da noiva? Normalmente esse acessório é contratado com a decoradora, pois a profissional está alinhada com todos os detalhes da decoração, e isso pode facilitar na escolha. Pesquise os modelos que fazem seu coração bater mais forte e arquive-os na pasta de inspiração. Na reunião final com a sua decoradora contratada, mostre o estilo de seu vestido, e juntas vão criar/escolher o buquê, analisando todas as questões envolvidas.

Preciso combinar a cor do meu buquê com a minha decoração? Não, o buquê da noiva é um acessório que vai compor o visual e não precisa estar em harmonia com as cores escolhidas para a decoração. Porém, o buquê precisa estar em harmonia com o seu vestido e com o seu cabelo.

Posso fazer meu buquê com flores artificiais? Claro que pode, o casamento é seu. Porém, as flores naturais tem um charme especial. Se você for se casar em outro país, estiver com receio dos tipos de buquê que vai encontrar por lá e quiser levar algo como plano B, então o buquê com flores artificiais é uma boa opção.

O buquê deve levar em consideração o biotipo da noiva. Para isso, existem diversas opções de buquês:

a) Redondo: um buquê elegante em que predominam as flores, bem apropriado para casamentos noturnos e tradicionais, até mesmo combinando com vestidos no estilo princesa. É um buquê simétrico e pode ter diferentes espécies de flores, desde que sejam similares.

b) Braçada: é o buquê apoiado no braço, e não na mão da noiva, por isso é composto por flores com caule longo.

c) Composto: é o buquê que permite uma composição feita com diferentes tamanhos de pétalas e botões de flores. Esse buquê faz o estilo vintage.

d) Cascata: esse buquê tem uma inclinação vertical, como queda-d'água. Pode variar no tamanho, e essa variação deve levar em consideração a altura da noiva. Pode ser, também, tradicional e elegante.

e) Assimétrico: buquê despojado e ideal para cerimônias menos formais. É composto por uma mescla de flores e folhagens e combina com vestidos com tecidos leves.

Há ainda opções de buquês que não são feitos de flores, mas sim de frutas, de folhas, de botões ou de pérolas. Esses buquês costumam chamar a atenção dos convidados e são muito elegantes.

8.2 Nécessaire da noiva

São muitos detalhes que exigem da noiva toda atenção, por isso organize o seu nécessaire com antecedência e não se separe dele. Se for se arrumar em hotel, salão de beleza, casa dos pais, não importa, leve seu nécessaire e deixe-o organizado, mesmo se decidir se arrumar na sua própria casa. Leve-o para a recepção também. Ainda, se quiser ser ainda mais prevenida, já deixe um nécessaire com sua cerimonialista também.

E o que deve compor o nécessaire da noiva? Uma sugestão de lista é: hidratante; desodorante; escova de dente, fio dental e creme dental; peças íntimas; batom (verifique a cor e a marca no teste de maquiagem para que você possa comprar) e outros itens que julgar necessário para retocar a maquiagem; absorvente; e esmalte de unhas.

Recomenda-se ainda que a noiva tenha com ela um kit-costura com as linhas na cor branca, na cor do vestido das mães e das madrinhas, para qualquer eventualidade.

Mas lembrem-se: essas são apenas sugestões; a composição do nécessaire deve refletir as necessidades de cada noiva e fazer com que cada uma se sinta segura em relação às necessidades que possam vir a ter. Capriche!

8.3 Lanchinho da madrugada

Você já ficou até de madrugada numa festa e, depois de tantas horas de diversão, danças, em alguns casos bebidas, sentiu aquela vontade de fazer um lanchinho? Algumas vezes até procurou pela cidade alguma lanchonete aberta antes de ir para casa? Então, o lanchinho da madrugada na festa serve para atender a essa necessidade e trazer mais comodidade aos convidados que ficarem até de madrugada na sua festa.

Por isso, lembre-se de verificar com a empresa de buffet o lanchinho da madrugada. Caso a empresa não o forneça, existem diversas opções de lanche. Até mesmo empresas que trabalham apenas com isso.

Sem ideias para o lanchinho? Algumas sugestões são: crepe (algumas empresas fornecem o serviço de fazer crepe na festa); minichurro (também é possível encontrar empresas que fornecem especificamente este serviço); minicachorro-quente ou minisanduíche (combine com o buffet ou com padarias); pipoca (opção fácil de fazer); batata frita (difícil errar na escolha, geralmente agrada muito); misto quente; pão de queijo.

O casal pode ainda ser mais ousado e oferecer: minitemaki (é importante ter uma segunda opção para quem não consome, especialmente se for feito com peixe cru); minitaco; minimilk-shake.

Por fim, um cafezinho sempre agrada, por isso teremos um tópico para falar do café. Mas já adiantamos: se for servir café, inclua alguns lanchinhos que combinam com café, por exemplo, pão de queijo; bolos caseiros; brownie, entre outros.

8.4 Kit de *toilet*

O kit de *toilet* pode ser feito de várias maneiras, até personalizado com o brasão e/ou o nome dos noivos. Além de romântico, passa a imagem de que os noivos se preocupam com o bem-estar de seus convidados. Veja a lista de kit feminino e masculino no fim do capítulo, nos Quadros 6 e 7.

8.5 Chinelos de festa

As mulheres adoram calçados com salto alto, mas, depois de um tempo dançando e curtindo a festa, o salto acaba se tornando cansativo e causando dores nos pés. Por isso, muitos noivos optam por disponibilizar chinelos a suas convidadas.

Os chinelos devem variar em relação ao tamanho. Tamanhos como 33/34 e 39/40 devem ter um percentual menor, por volta de 5% para cada tamanho. A maior parte dos chinelos deve ser dos tamanhos 35/36 e 37/38.

Quanto à quantidade de chinelos, estima-se que as mulheres representam 50% da festa, por isso, se a sua festa tiver, por exemplo, 200 convidados, então deverão ser disponibilizados 100 chinelos.

Os chinelos poderão ser personalizados com a paleta de cores da festa e o brasão e/ou o nome dos noivos. E já servirem como lembrancinha. Uma dica é não distribuir os chinelos no início da festa, pois assim é possível garantir fotos das mulheres sem os chinelos e com os chinelos.

8.6 Máquina de café/café italiano

Muitas pessoas adoram um cafezinho depois do jantar, depois de consumir bebida alcoólica ou mesmo antes de saírem das festas. É possível contratar o serviço para servir café. A empresa costuma levar a máquina de café expresso até o local do evento, disponibilizando uma variedade de cafés, tais como: café expresso curto, café expresso longo, expresso com leite, café carioca, expresso alcoólico (com Amarula, cachaça etc.), expresso com chantilly, entre outros. Ainda, é possível disponibilizar chocolate quente, *chai latte* e chás variados.

Algumas empresas costumam disponibilizar lanchinhos como palha italiana, minicuca, brownie. Verifique com a empresa se ela disponibilizará esses lanchinhos; caso não, vale a pena orçar alguns petiscos que combinam com café/chás.

Os noivos devem ainda ficar atentos para a disponibilização de alguns acompanhamentos, tais como xícaras e pires; açúcares e adoçantes; mexedores e colherinhas.

8.7 Cabine de fotos

A cabine de fotos é um extra na festa que costuma fazer muito sucesso entre os noivos e os convidados. Além de proporcionar muita diversão nas fotos repletas de caras e bocas, é uma ótima lembrancinha. Geralmente as empresas que alugam a cabine disponibilizam um ou dois assistentes; impressão de fotos (verifique o tamanho desejado; o usual é 5 x 15 cm) ilimitadas; personalização do layout das fotos; DVD ou arquivo digital. Algumas empresas também disponibilizam plaquinhas e adereços de festa para fazer as fotos.

É possível ainda criar um livro de assinaturas, em que os convidados colam uma cópia da foto e deixam uma mensagem para os noivos. Caso a empresa não tenha esse livro para venda, faça você mesmo ou adquira em livraria.

Atenção: fique atento quando assinar o contrato para verificar se o transporte, a montagem e a desmontagem estão inclusos no orçamento ou se gerarão um gasto extra. Fique atento também ao horário em que a empresa chegará ao local e por quantas horas prestará o serviço. Geralmente as empresas cobram um valor elevado pela hora adicional de funcionamento.

Recomenda-se abrir a cabine de fotos logo após o jantar, antes de abrir a pista de dança. Assim, quando a pista abrir, os convidados não se dispersarão.

8.8 Lista de presentes de casamento

Quando os noivos acreditam já ter tido muito esforço ao listar os convidados, chega a hora da lista de presentes. Mas vamos aliviar a tensão, pois tem coisa mais gostosa do que escolher presente? Provar bolo é melhor, não é? Entretanto, vamos à lista de casamento.

A primeira coisa a esclarecer é que não há regras quanto à lista. Os noivos podem ter uma lista como sugestão, podem pedir os presentes em dinheiro ou cotas (em sites especializados) ou podem ainda não pedir presente.

No caso de deixar livre para o convidado escolher o presente, poderá haver presentes repetidos e lojas inacessíveis para troca (em outra cidade, por exemplo). É por isso que se começou a fazer a lista de presentes de casamento. Entretanto, atualmente, os sites de casamento com a possibilidade de lista em cotas têm sido o mais comum; e, de fato, os sites são muito práticos.

Vale lembrar aos noivos que, mesmo que vocês façam lista de presentes, cotas, escolham lojas, haverá convidados que ignorarão as escolhas do casal e aparecerão no dia do casamento com um presente aleatório.

Outras opções utilizadas por muitos noivos é a transferência bancária e também o envelope na entrada da recepção, para que os convidados possam presentear com dinheiro. Entretanto, na opção de envelope, os convidados podem estar desprevenidos; além do mais, o valor dos presentes comprados em lojas ou cotas podem ser mais elevados, pois, assim, os convidados têm a opção de parcelar.

A nossa dica quanto aos presentes é não convidar ninguém pela questão de poder aquisitivo, pois a união do casal é a coisa mais importante. Ter a presença das pessoas amadas pelo casal vai tornar o momento ainda mais especial.

8.9 Sites de casamento

Os sites de casamento estão sendo cada vez mais utilizados para casamentos e eventos em geral. É possível personalizar o site de casamento com fotos, vídeos, músicas e história do casal. Ainda, é possível que os convidados mandem mensagens para o casal por meio do site. Uma especificidade dos sites é a contagem regressiva, que deixa a espera do casamento ainda mais emocionante.

Uma ferramenta interessante do site é a confirmação de presença. É possível fazer a confirmação de presença do casamento pelo site, mas também do chá de panela, do chá de lingerie, do chá do noivo e da despedida de solteira/solteiro.

Outra função interessante dos sites de casamento é ter a opção de colocar o endereço do local da cerimônia e da recepção, bem como sugestões de hotéis, salão de beleza, e números importantes da cidade.

É possível colocar a lista de presentes de casamento no site ou ainda criar uma lista no site por meio de cotas. Posteriormente, os noivos podem transferir o valor dos presentes para sua conta bancária.

Os sites geralmente têm várias opções de pagamento. Para quem ficar com receio de usar o cartão, uma opção viável é o pagamento por meio de boleto bancário. Com o boleto bancário, não há necessidade de fornecer os dados da conta bancária, entretanto, na maioria das vezes, a opção de boleto bancário não permite parcelamento da compra.

Agora vamos pensar no seu casamento!

Noiva, como gostaria que fosse o seu buquê? Gostaria de um buquê com flores ou, quem sabe, com folhas, botões ou pérolas? Solte a sua imaginação e apresente as suas ideias a sua cerimonialista e a sua decoradora.

_____
_____
_____
_____

Antes de enviar os convites de casamento, recomenda-se definir como será a lista de presentes. Então, quais opções agradam: lista de presentes, cotas de presentes em sites de casamento, transferência bancária, dinheiro no local ou deixar em aberto?

_____
_____
_____
_____

Quadro 6 – Kit de *toilet* feminino

Descrição dos itens necessários	Quantidade
Curativo adesivo	
Fio dental	
Esmalte incolor (para os casos de a meia calça puxar fios)	
Cotonete	
Absorvente	
Desodorante (aerossol)	
Grampos	
Linha e agulha	
Lixa de unha	
Lencinhos de papel	
Elástico para cabelo	
Balinhas de hortelã	
Spray para cabelo	
Enxaguante bucal	
Copos de café descartáveis (para usar o enxaguante bucal)	
Repelente aerossol (caso o evento seja ao ar livre)	

Fonte: as autoras

Quadro 7 – Kit de *toilet* masculino

Descrição dos itens necessários	Quantidade
Curativo adesivo	
Fio dental	
Cotonete	
Desodorante (aerossol)	
Balinhas de hortelã	
Gel para cabelo	
Enxaguante bucal	
Copos de café descartáveis (para usar o enxaguante bucal)	
Repelente aerossol (caso o evento seja ao ar livre)	

Fonte: as autoras

Gostaria de presentear as suas convidadas com chinelos? Preencha o Quadro 8 com a quantidade de chinelos que você precisaria para o seu casamento. Já sabe quantas convidadas terá?

Quadro 8 – Número de chinelos para convidadas

Número	33/34	35/36	37/38	39/40
Percentual	5%	45%	45%	5%
Quantidade				

Fonte: as autoras

Respire fundo e seja grato.

9

Noivos: sentimentos, emoções e experiências

Que incrível estar noiva ou noivo! São tantas emoções e experiências. Você se preparou para isso no seu namoro e chegou o momento de dar mais um passo. Haverá momentos em que você precisará tomar decisões difíceis, mas respire fundo e seja grato por tudo o que está vivendo neste momento. Tudo fluirá bem e será, possivelmente, melhor do que você espera. Prepare-se para aproveitar o grande dia com muitas alegrias e emoções.

9.1 O namoro

O namoro é um momento da vida muito bonito e que deve ser levado com muita seriedade, pois é durante o namoro que as pessoas têm a possibilidade de conhecer o seu parceiro e de praticar o autoconhecimento, com vistas para o casamento.

O namoro é divertido, as responsabilidades são menores, os passeios são frequentes e diversos, há muitas festas; mas, ao mesmo tempo, durante o namoro você está sendo avaliado e avaliando constantemente. Como uma criança que conhece o mundo, testa limites, você está conhecendo como é ser casal, como é ter alguém do seu lado, e também como continuar sendo essencialmente você, diante de tantas mudanças. Conhecer-se.

O amor cresce, e cresce também a vontade de estar cada vez mais tempo juntos. Dividir momentos, dividir alegrias e também dividir tristezas e problemas. Aproveitar os bons momentos e ser apoio ou ser apoiado nos maus momentos.

Durante o namoro você conhece as tradições familiares, a forma de educação do seu companheiro, os anseios. Aprende a dividir as datas comemorativas com as famílias. Sempre que possível, reúna todos os familiares de ambas as famílias, crie laços.

O relacionamento exige equilíbrio. Tempo sozinho. Tempo em casal. Tempo com a família de origem. Tempo com a família do parceiro. Tempo com os amigos em casal. Tempo com os amigos individualmente. Esse equilíbrio fará com que as pessoas sintam menos a sua falta e assim confiem em você.

Você já viu algum adulto brincando de se esconder com um bebê? *Cadê a mamãe? Está aqui!* Esconde-se, depois aparece. Essa brincadeira é útil para as crianças entenderem que a mamãe vai sair às vezes de perto, mas depois vai voltar. Cria confiança na criança. Não somos mais crianças, mas, se nossos amigos e familiares souberem que você vai passar um tempo em casal ou vai passar tempo com outra família, mas vai voltar, isso fará com que confiem em você. Pessoas que confiam em você o apoiam. Busque somar. Tenha equilíbrio.

9.2 O noivado

Chega um momento no relacionamento que vocês percebem que precisam de mais. Mais o quê? Mais tempo juntos, mais planos juntos, querem compartilhar uma morada, querem ter filhos juntos. Formar uma família.

Se você já fez o exercício do autoconhecimento e do conhecimento mútuo, talvez você permaneça tranquilo nessa fase. Ou talvez tome um susto inicial, mesmo que o noivado tenha sido planejado, mas você terá o noivado para meditar sobre os novos planos do casal.

Se ainda não conseguiu manter um equilíbrio entre familiares, amigos, vida sozinha e vida em casal, programe-se para fazer isso no noivado. Afinal, você vai se casar e você quer os amigos e os familiares para dividir esse momento com você. Então, caso já não tenha comemorado a novidade do noivado com a família e os amigos, é hora de agendar um jantarzinho para contar a novidade.

É nessa fase que você vai colher os frutos do equilíbrio. Quando você perceber que todos estão felizes com o noivado e esperando com você pelo casamento. Apoio.

9.3 Decisões difíceis

Algumas decisões poderão ser muito difíceis. Uma das coisas mais difíceis para os noivos é a lista de convidados. Realmente, selecionar algumas pessoas dentre as tantas que você conhece para estar contigo em um momento tão importante é muito delicado. Busque ser racional. Selecione as pessoas que fazem a diferença na sua vida, que o amam, que torcem por você.

Entretanto, embora a lista de convidados seja considerada uma das decisões mais difíceis, há ainda outras decisões que exigem cuidados. A escolha das madrinhas e dos padrinhos poderá até gerar algum conflito, então esteja seguro das suas escolhas e escolha pelo sentimento. Não espere nada de ninguém. Muitas noivas esperam que as madrinhas organizem o chá de panela ou se vistam iguais ou que sejam aquelas amigas para toda hora, mas talvez isso não aconteça. Talvez elas não tenham tempo para envolver-se. Talvez elas não saibam dos seus anseios, então, se houver algo que seja muito importante para você, chame as madrinhas para conversar e expresse os seus anseios.

Por fim, há outras decisões que poderão ser difíceis, como a escolha dos fornecedores (há um capítulo sobre esse tema que vai o ajudar muito). A data do casamento poderá gerar conflito, pois precisa ser importante para o casal e acessível para os convidados. Se você tiver muitos convidados de fora da cidade, talvez seja melhor escolher uma data no fim de semana ou em um feriado. O local em que será realizado o casamento também poderá gerar dificuldade na escolha, pois são muitas opções. Neste caso, a sua cerimonialista, ciente do seu estilo de casamento e do número de convidados, poderá fazer um filtro entre os lugares disponíveis na cidade e apresentar boas opções.

9.4 Respire fundo

É comum que o noivado gere certa ansiedade, aquela vontade de que o casamento chegue logo, mas nada que atrapalhará a sua vida e a sua rotina. Entretanto, caso perceba algum sintoma relacionado à doença da ansiedade, é indicado procurar ajuda profissional.

Pensando apenas nesse sentimento de que chegue logo, saiba que é comum entre os noivos. Procure dedicar-se ao casamento, mas também a todas as suas demais atividades com tranquilidade. Se puder evitar sobrecarga durante a organização do casamento, tais como trabalho extra, isso pode ser interessante.

Pesquise sobre os fornecedores e serviços e, após contratar, confie. E, por falar em confiança, confie não apenas nos seus fornecedores, mas também na sua família, nos seus amigos. Há noivos que se preocupam até com a roupa que determinado convidado vai vestir. Alivie a carga. Confie também no seu parceiro: ele vai se dedicar, ele sabe que é importante. Confie em Deus.

O orçamento do casamento poderá também o preocupar, este livro tem um capítulo apenas para falar sobre planejamento financeiro. Além deste livro, há muitas formas de informar-se sobre planejamento financeiro pessoal e familiar. Pesquise. Faça um casamento que esteja de acordo com seus projetos financeiros, pois o mais importante é o amor envolvido.

É normal que haja preocupação devido ao desejo de que no dia tudo flua bem e dê tudo certo. Mas não temos nem podemos querer ter o controle sobre tudo e sobre todos. Acredite, um dia depois do seu casamento você vai perceber que foi melhor do que você poderia ter imaginado.

9.5 Seja grato

Lembra quando você orava pedindo por alguém para você formar uma nova família? Agora você vai se casar com ele. Faça um exercício de lembrar o que o fez querer namorar, lembrar quanto essa pessoa é importante na sua vida, quanto todas as outras pessoas (familiares, amigos) que você conheceu como consequência do namoro são importantes.

Seja grato por todos os fornecedores contratados, pela sua família, por seu namorado, por seu noivado, por ter chegado até aqui.

9.6 O grande dia

Busque relaxar e viver o momento da melhor forma possível. Vão ser tantas coisas vividas, surpresas, emoções, demonstrações de carinho e felicidade das pessoas...

Aproveite para fazer muitas fotos se embelezando, fotos de família, fotos de amor. É tão lindo ver depois. Entretanto, decida com antecedência quantas e quais pessoas você vai querer contigo nesse dia. Se quer ficar mais sozinha ou com muitas pessoas a sua volta. Permita-se viver o seu momento e viva esse momento da forma que o faz feliz.

Coisas inesperadas poderão acontecer, não fique pensando que será desesperador se algo der errado. Pois, se algo der errado, todos os envolvidos vão dar um jeito de fazer acontecer da melhor forma possível. Você quer casamento ao ar livre? Mas talvez chova. Deixe com a sua cerimonialista o contato de pessoas importantes para o dia (noivos, pais, madrinhas, padrinhos, celebrante); caso haja atrasos, ela poderá entrar em contato. Imprevistos com a família ou com fornecedores poderão acontecer, por isso a importância de uma cerimonialista de confiança.

Ótimas surpresas também acontecerão, seja surpresa do noivo, seja surpresa das madrinhas, emoção na cerimônia, um presente inesperado, uma declaração de amor, um pedido de perdão. Entretanto, não espere nada de ninguém, para não criar nenhuma expectativa e não ficar frustrado. Se não for de forma inesperada, não é surpresa.

Seja feliz: é seu casamento!

Agora vamos pensar no seu casamento!

Quais os seus sentimentos em relação ao seu casamento? Coloque em palavras e alivie a tensão que possa estar sentindo.

_____
_____
_____
_____
_____
_____

Lembre-se o porquê de estar se casando, relembre como conheceu o seu amor, o que mais lhe chamou atenção. Como foi o pedido de namoro? E o pedido de noivado?

_____
_____
_____
_____
_____

Seja grato a todos os momentos que viveram juntos, a todas as dificuldades que superaram e às alegrias que tiveram. Faça uma lista de todas as coisas que você tem para agradecer.

_____
_____
_____
_____
_____
_____

A SUSTENTABILIDADE DO SEU CASAMENTO É SUA RESPONSABILIDADE.

10

Sustentabilidade em Casamentos

A responsabilidade social e ambiental deve ser refletida em nosso dia a dia, em todas as coisas que fazemos, que compramos, e nos serviços que contratamos. Se você quer realizar os seus sonhos e objetivos, busque fazer isso de forma que não comprometa os sonhos e objetivos, e principalmente a sobrevivência, de gerações futuras. A partir do momento que uma pessoa tem essa postura, exige a mesma atitude de outras pessoas e empresas.

É necessário pensar em sustentabilidade. Imagine o seu casamento, você entrando na igreja, vendo o rosto feliz e emocionado dos seus convidados e, além disso, ter a consciência tranquila de ter causado o menor impacto ambiental possível. São tantas coisas descartáveis, tantos plásticos, tantas coisas para utilizar em um só dia. Por que não fazer a diferença?

Sustentabilidade em casamento é possível. Você já pensou que, se você tiver cem convidados e a cada hora eles pedirem uma bebida em copo plástico, quatro horas de festa depois serão 400 copos plásticos para ir para o lixo, possivelmente com canudos junto? Você pode reduzir esse impacto com copos de vidro ou personalizados. Você vai gastar energia, papel, tecidos, uma infinidade de itens cujo impacto ambiental é de sua responsabilidade.

Existem alguns termos utilizados para casamentos em que os noivos visam pela sustentabilidade: casamento sustentável, *eco wedding*, casamento verde. Nós, neste livro, preferimos chamar de *sustentabilidade em casamentos*. O motivo dessa nomenclatura é simples: sustentabilidade em casamentos não é um estilo de casamento, nem uma moda que passará com o tempo. Sustentabilidade em casamentos é uma questão de responsabilidade.

A nossa intenção aqui é auxiliar para que o seu casamento tenha o menor impacto ambiental possível. Sabemos que muitas vezes organizar um casamento sem nenhum impacto ambiental é difícil. Mas, pelo menos, podemos reduzir o impacto. Então, vamos dar algumas sugestões para a redução do impacto ambiental do seu casamento.

10.1 Impacto ambiental: como sua festa de casamento pode impactar o meio ambiente

Quando você utiliza itens plásticos que não passam por um processo de reciclagem e vão parar em terrenos, rios e mar, você está causando uma mudança no meio ambiente. Essa mudança no meio ambiente é um impacto ambiental.

Todas as mudanças no meio ambiente são impactos? Sim. E todos os impactos são negativos? Não. Se você, por exemplo, criar um espaço verde, causará um impacto ambiental, mas positivo. Já o desperdício de energia, água, alimentos causa um impacto ambiental negativo, pois interfere no equilíbrio ecológico.

Um dos problemas em relação ao impacto ambiental de uma festa de casamento são os resíduos, tais como: copos e canudos plásticos, recipientes de doces, embalagens das lembrancinhas, as placas para tirar fotos. Por isso, sempre que for possível, substitua-os por opções biodegradáveis, para proteger o meio ambiente.

Muitas pessoas acreditam que não há problemas em gerar resíduos em demasia, desde que sejam reciclados. Na verdade, não é assim que devemos pensar, pois, mesmo sendo reciclado, o resíduo causa impacto.

A PNRS propõe a política dos 3Rs, que são: Redução, Reutilização e Reciclagem. Hoje, fala-se na política dos 5Rs: Reduzir, Reutilizar, Reciclar, Recusar e Repensar. A política dos 5Rs visa a uma mudança comportamental de cada pessoa, fazendo-nos repensar valores e práticas.

10.2 Como aplicar os 5Rs no seu casamento

Repense: você precisa mesmo de tantas luzes? Precisa fazer um novo vestido ou pode alugar?

Reutilize: se eu quero muitas fotos impressas no meu casamento, posteriormente posso usar para decorar a minha casa ou dar de presente para alguém? As lembrancinhas são coisas úteis para os convidados?

Recicle: se não houver outra forma de servir determinado doce que não seja em uma forma de plástico ou ainda as bebidas em copos de plástico, pelo menos posso reciclar?

Recuse: meus fornecedores preocupam-se com o meio ambiente? As empresas têm algum tipo de ação que promova a sustentabilidade ambiental?

Reduza: há formas de economizar energia, água e gerar um número menor de resíduos?

Agora vamos pensar no seu casamento!

Faça uma lista dos itens e serviços da sua festa de casamento que você acredita que causam impacto ambiental.

_____
_____
_____
_____
_____

Quais itens e serviços da sua festa de casamento poderiam ser elaborados de forma sustentável?

_____
_____
_____
_____
_____